村上春樹短篇再読

風丸 良彦

みすず書房

村上春樹短篇再読　目次

目　次

1　緻密に記憶された過去――「午後の最後の芝生」

十四、五年前といえば、僕が芝生を刈っていたころじゃないか。

＊

記憶というのは小説に似ている、あるいは小説というのは記憶に似ている。

僕は小説を書きはじめてからそれを切実に実感するようになった。記憶というのは小説に似ている、あるいは云々。

どれだけきちんとした形に整えようと努力してみても、文脈はあっちに行ったりこっちに行ったりして、最後には文脈ですらなくなってしまう。なんだかまるでぐったりした子猫を何匹か積みかさねたみたいだ。

記憶というフィクション

作品の冒頭に「僕が芝生を刈っていたのは十八か十九のころだから、もう十四年か十五年前のことになる」という前置きがあるので、この物語を語り手が「語る現在」において、語り手である「僕」は三十三、四歳ということになります。「語る現在」を作品が発表された一九八二年当時と仮定すれば、「語られる過去」は六〇年代末となり、初期村上作品に共通する例の時代でもあります。

ところで三十三、四歳は、世間一般的には、小中学生たちから「おじさん」と呼ばれる年齢です。そのおじさんが、最近引っ越してきたばかりの町で買い物や散歩がてらに毎日中学生を眺め、十四、五年前には「まだ生まれていないか、生まれていたとしてもほとんど意識のないピンク色の肉塊だった」彼らが、「今ではもうブラジャーをつけたり、マスターベーションをやったり、ディスク・ジョッキーにくだらない葉書を出したり、体育倉庫の隅で煙草を吸ったり、どこかの家の塀に赤いスプレイ・ペンキで『おまんこ』と書いたり、『戦争と平和』を——たぶん——読んだりしている」と勝手に想像し、「やれやれ」と独りごちるのです。他に見るべきものがたくさんあるはずの新しい町で、毎日中学生を眺め、「ブラジャーをつけたり、マスターベーションをやったり」と想像しているおじさんは、言うまでもなく、少々剣呑です。やれやれ、はおじさんの嘆息でなく、そうした一歩誤れば騒ぎの元になりそうなおじさんの思いを聞かされる、読み手の嘆息でしょう。

そんなおじさんが、十四、五年前、芝生を刈っていた頃、訪ねた家の「小柄で、小さな堅い乳房を持っ」た奥さんと寝、彼女の「ワギナだけが暖かかった」ことを振り返り、その後、小田急線の読売ランド駅近くの郊外の邸宅に芝生を刈りに行き（それが、当時は学生だった今はおじさんにとって、「その夏」の、そしておそらく、それから「語る現在」に至るまで、最後の芝刈りということになります）、そこで、一家の主とおぼしき中年の「端整とはいっても人が好感を抱くようなタイプの顔ではない」夫人と出会ったことを振り返り、その家の庭で芝を刈っている間に勃起してしまったことを振り返り、夫人に導かれ彼女の娘の部屋に入り、タンスの引き出しを開けるよう命じられたことを振り返り、さらにはこれらを背景にしつつ当時現在完了形となっていた「彼女」との別れを振り返る。大雑把に言えば、これがこの短篇のあらすじです。

逐一「振り返る」としましたが、作品の核をなすものは、三十三、四歳のおじさんの「記憶」に他なりません。ここで、記憶というのは小説に似ている、という先の引用が俄然響きを帯びます。物語を語るのは「語り手」（発話主体）であって「作者」（行為主体）ではありませんが、「僕は小説を書きはじめてからそれを切実に実感するようになった」とある以上、この引用部分では多分に「語り手」と「作者」が接近しているとも読めます。

記憶。いま、何でも良いから、自分の記憶をひとつ呼び覚ましてみましょう。できるだけ遠い過去の記憶が良いが、いきなりでは無理というのであれば、一週間前でも構いません。記憶。

私の右肘には中学生の頃にこしらえた傷の跡がいまなお残っています。ローラースケートで転んだ時にできたものです。当時、京王線の聖蹟桜ヶ丘に住んでいる友人がいて、彼は岡崎友紀の熱心なフアンで、その頃ちょうどテレビドラマの「奥様は十八歳」が聖蹟桜ヶ丘で撮られており、彼はロケの追っかけをしていたのですが、そのこととローラースケートは何の関係もなく、当時あの駅の周辺は開発が入る前で、宅地区画が広がり、車の入ってこない舗装道路が子供たちの遊び場になっていました。私が住んでいたあたりにはそうした場所がなかったのでわざわざ聖蹟桜ヶ丘まで出かけていったのですが、そこでなぜ「ローラースケート」なのかと言えば、流行っていたからです。もちろん聖蹟桜ヶ丘でローラースケートが流行っていたわけでなく、七〇年代のはじめに文字通り一世を風靡した「ローラーゲーム」が、ローラースケートを全国的に流行らせたのです。ローラーゲームというのは、私の記憶に間違いがなければ、トラック状のスケートリンクを周回しながら、敵味方が互いに追い越し合うことによって得点が加算される競技で、野球で言う読売ジャイアンツのようなチームに「東京ボンバーズ」というのがあり、チームの男たちが敵の男たちをリンク上で押さえこんでいるうちに（そこに至るまでには必ずいつも暴力沙汰がありました）、エースアタッカー（?）がひと塊になった男たちの上を飛び越えて抜き去る、というのが必勝パターンでした。追い抜いた後には、男たちが絡みつき離れないにっちもさっちもいかない状況をいったん打開するために、アタッカーは両肘を腰にこすって「コール」をする決まりになっていて、当時、道（一般道です）で前を行く人を追い抜くたびにいちいち「コール」ポーズをとる子供がいるくらい、ローラーゲームは流行りました。「アップダウンクイズ」（司会はもちろん小池清！）の中にあった「シルエットクイズ」（回答者はゲストをシルエット越しに見、第一ヒントから第三ヒントまででそれが誰かを当てる）に、東京ボンバーズのエースアタッカー・佐々木ヨーコが出たことがあり、彼女の特徴的な長い髪は、第一ヒント（シルエットを見るのみで、言葉によるヒントはなし）だけで正解者を出しました。ゲストの側から見れば、第一ヒントで当ててもらうのは有名人冥利に尽きるわけで、ところが第三ヒントになっても正解が出ないゲストも中にはいて、だいたいが「作家」（無論、特定個人を名指しするつもりはなく、ソシュールが言うところの「形相」[*1]としての「作家」です）だったような気がします。それくらい、佐々木ヨーコと東京ボンバーズを頂点とするローラーゲームは、人気があるスポーツでした。

記憶。さて、どうでしょう。過去の出来事を時系列に沿って覚えている人は皆無ではないでしょうか。昨日のことであれば、朝何時に起きて、何時に銀行に行って、何時に起案書を書いて、と順番通りに思い出すこともできるでしょう。ところが、それが一週間前となるともはや時系列は乱れ、さらに十年以上も前になれば、記憶の中心にあるのは当時最も印象に残った出来事であるはずです。そして私たちは、そのいちばん強烈な印象を核に、その前後の因果関係を、時系列を無視して組み立てることによって記憶を維持しているのです（記憶はそうやって維持されているのです）。「ローラーゲーム」にしても、なぜ私が覚えているかと言えば、腕に傷が残っているからで、その怪我をしたことが記憶の中心にあり、その他のことは後からつけ足され、中心部分を補強しているにすぎません。「東京ボンバーズ」以外にどんなチームがあったかなど、今となっては思い出せないですし、「アップダウンクイズ」に出たのは、もしかしたら佐々木ヨーコではなく、樋口久子だったのかもしれない（彼女も長い髪に特徴がありました）、などと冷静になれば思えてみたりもします。

自身の過去とは、本来自分の目で見、耳で聞き、頭で考え、身体で感じた主観的視点の連続であるはずなのに、記憶の中では、自分は自身の像を過去の光景の中に客観的に見ます。そして、その自身のイメージに、あるいは、自身の過去に関連するあらゆるイメージに対してもさまざまな脚色を施して記憶はできあがります。自分が記憶として捉えているある特定の過去が、もし機械的に記録されてどこかのアーカイブに保管され、それを随時とり出して再生できるとしたら、現実の記録と自身の記憶との乖離に、人はさぞかし驚愕することでしょう。現実の記録を前にしては、私たちの記憶は虚構の誹《そし》りを免れません。

自己の経験の時系列上の繋がりがストーリーであるとすれば、その線上にある特定のスポットをとり出し、そこに前後の出来事を絡ませ（前後の出来事が絡み）因果関係が生じる様態がプロットです。記憶は、このストーリーとプロットが重ね合わさり、そこに自分自身を客観的に投じて再構成されつつ生成・維持、さらに脚色・増強されます。「自分自身を客観的に投じて」を同義の、「語り手をそこに組み入れ」に換えれば、とどのつまり、それは「小説」（僕小説）とイコールです（たとえば、「僕は海岸沿いの道を歩いていた」といった表現において、自身を客体化する「記憶」と「僕小説」とは符合をみます）。「記憶というのは小説に似ている、あるいは小説というのは記憶に似ている」と宣誓されるまでもなく、記憶の本質を考えればそれくらいはわかります。では、なぜ「午後の最後の芝生」の語り手「僕」は、あえてそう宣誓したのでしょうか。

答えはひとつ。行為主体を登場させてまで語り手が強調したかったのは、これからここで語られることは三十三、四歳のおじさんの記憶だが、それはフィクション（虚構）に他ならない、ということです。否、そう考えた方が、この作品は断然読みやすくなります、が、その前に「午後の最後の芝生」に現れるいくつかの村上的方法をあげてみましょう。

記号（シーニュ）にならない「読売ランド前」

まず読み手を襲うのが、この作品のもつどこか西洋的な空気です。語り手「僕」が勤める「芝刈り会社」が経堂《きょうどう》にあり、最後の訪問先が読売ランドにあると明記されているにもかかわらず、何年か前にこの短篇を読み、その後放っておいた読者は、「経堂」や「読売ランド」は記憶からきれいさっぱり消え去り、たとえば「ズシリーヒルズ」のような西洋を模倣した町並みを舞台にした小説だと堅く思いこむようになっているはずです。実際、この短篇に「逗子」や「芦屋」といったキイワードが出ていれば、それは作品全体にとってのシーニュ（物語世界に寄与する記号）として役割を果たすでしょうが、「経堂」や「読売ランド」は、結果的にはシニフィエ（意味）を伴わないシニフィアン（恣意性を前提に意味に紐づけされるもの）ということになります。[*2] では何がこの作品を西洋たらしめるのか。

私たちはこの作品に向かい、はじめに「午後の最後の芝生」というタイトルに出会います。「午後の最後の」と、何かが終わりに向かっている（向かっていた）ことを思わせる「後」とともに「の」が二度続くのですが、作品の内容を考えれば、「午後の」と「最後の」は、並列的に等しく「芝生」

にかかる（「午後の、最後の、芝生」）のではなく、「午後の」が「最後の芝生」にかかっている（「午後の『最後の芝生』」）、と見るのが妥当でしょう。日本語としてはいささか不恰好なその連辞構造はすぐさま英語の of を想起させます。「午後の最後の芝生」は 'The Last Lawn of the Afternoon' として英訳されており、原題が「午後の『最後の芝生』」であることが改めて認識されるとともに（'The Afternoon Lawn and the Last Lawn' ではない）、それは、The first day of October（十月の最初の日）や The brother of my friend（私の友達の兄弟）などのように、October's first day, My friend's brother とも置き換え可能な 's（「～の」）と同じ機能をもった of を訳す時に私たちが陥りがちな、つとめて翻訳調なスタイルです。「十月最初の日」や、「私の」をとって「友人の兄弟」としたほうが、より日本語として自然なことは明らかでしょう。そして、そのタイトルに引きずられるように、多くの翻訳調の言葉がテクストを埋め尽くしていきます。

そもそも、経堂の「芝刈り会社」というのも、いかにも村上らしい、The Mowing Company を直訳したような翻訳調かつ造語調の言い回しです。裏を返せば、それを電話帳に掲載されている職業分類を使って、経堂の「造園屋」としてしまえば、作品全体を覆っている西洋的なイメージはたちまち色褪せはじめる。家の塀に「『おまんこ』と書いたり」の「おまんこ」もすぐに fuck を思わせるし、それを書くために使う赤い「スプレイ・ペンキ」というのも、これまた妙な造語感を伴います。それらの間隙を縫って、「クリーデンス」（CCR）や「グランド・ファンク」（GFR）といった西洋文化の小物がテクスト上を飛び交い、再び「ニュース・アナウンサー」やガソリンスタンドの「サービス係」といった翻訳調造語が現れ、さらにまた、「フランスづみのれんがの塀」などの小物がとどめと言わんばかりに押し寄せてきます。こうした諸々の装置が、結果的には総体としてシーニュとなり、いっぽうで「経堂」や「読売ランド」を骨抜きにしていきます。

その反面、「経堂」や「読売ランド」は、シーニュにならないがゆえに、記憶＝虚構という宣誓がなされたこの作品において、記憶の中にある確かな実在（たとえば、私がローラースケートで怪我をした「聖蹟桜ヶ丘」のような）として、虚構内のここそこでカオスが無軌道に作動しはじめるのを、その縁で辛うじて食い止めます。が、それにしても、時間の経過とともに私たちがなぜ、この作品の舞台がどこか西洋的な町並みであると錯覚するのかと言えば、「経堂」や「読売ランド」が実在である可能性以上に、虚構を際立たせる記述が、あまりにも、膨大だからです。

少々覚えすぎではないですか？

三日晴れがつづき、一日雨が降り、また三日晴れた。／空には古い思いでのように白い雲が浮かんでいた。／僕の背中の皮はきれいに三回むけ、もう真黒になっていた。耳のうしろまで真黒だった。／僕はTシャツとショートパンツ、テニス・シューズにサングラスという格好でライトバンに乗り込み、／僕はこまぎれに口笛を吹き、口笛を吹いていない時は煙草を吸った。／FENのニュース・アナウンサーは奇妙なイントネーションをつけたヴェトナムの地名を連発していた。／草いきれと乾いた土の匂いが強くなり、空と雲のさかいめがくっきりとした一本の線になった。／目の前の草の葉の上を小さな虫が歩いていた。羽のはえた小さな緑色の虫だ。／誰かが窓を開けたままピアノの練習をしていた。とても上手いピアノだった。レコード演奏と間違えそうなくらいだ。／……。

もし目の前にこの語り手がいて、あなたがいまこうやってその話を聞いているとしましょう。物語全体からすればまだほんの入口にすぎないこの時点であなたはすでに、おじさん、冗談もほどほどにね、と思うでしょう。否。十四、五年前の話だって言ったじゃない。どうしてそんなにディテールまで覚えてるの？　そうあなたは口に出してしまうかもしれません。それに対しておじさんはこう答えるでしょう。誰が事実だって言ったんだよ。最初の最初に、フィクションだって断ったじゃないか。そう、それがつまり、「午後の最後の芝生」で、信頼のおけないこの語り手があえて「記憶云々」という話を冒頭に持ち出した最大の理由です。これはフィクションなんですよ、いいですか、みなさん、と。しかし。

もちろんそれだけではこの作品を読んだことにはなりません。私たちは、ではいったいこの語り手の記憶をここまで脚色するに至った、その記憶の中心はいったい何だったのかということに思いを馳せます。記憶においては、脚色される部分は往々にして（右の引用のように）時を追うごとに膨れ上がっていきますが、記憶の中心にある真実は硬い殻の中に原型を留め続けます。私がローラースケートをして肘に怪我をしたように、その傷跡はいつになっても真実のまま消えません。膨張もしません。この作品の中で、それは何なのかを考えるには、だから最も言葉少なに語られている事柄に注目すればいい。それは、芝刈りに行った家で娘の洋服ダンスを開けさせられたことでもなければ（この部分の叙述は殊にディテールに富んでいます）、この日が「僕」の最後の芝刈りの日になったことでもありません。先に引用した、仕事先の「小柄で、小さな堅い乳房を持っ」た奥さんと寝たシーンは次のように続きます。

ワンピースの裾がさらさらと音をたて、それが遅くなったり早くなったりした。途中で一度電話のベルが鳴った。ベルはひとしきり鳴ってから止んだ。
あとになって、僕が恋人と別れることになったのはその時のせいじゃないかなとふと思ったりもした。

言葉少ななのは、言うまでもなく、「僕」と「彼女」の別れについて、です。そのことの核心については触れられもせず、したがって脚色もされず、「別れ」と連動している記憶のほうが、まさに先の私の「ローラーゲーム」の記憶のように、綿々と膨張を続けます。そこに私たちは、語り手の戦略を読みとるべきでしょう。それは、記憶の中心にあるものを浮かび上がらせるために、語り手「僕」はあえて小説と記憶の関係を引き合いに出し、この作品が虚構に他ならないことをディテールに言及することによって、これでもか、と言わんばかりに強調しておきながら、そこに確かにある傷の存在を読み手に伝えるという戦略です。「どれだけきちんとした形に整えようと努力してみても、文脈はあっちに行ったりこっちに行ったりして、最後には文脈ですらなくなってしまう」という冒頭の引用から、ロラン・バルトみたいなこと言って、と感じる読み手も中にはいるかもしれない。まさにバルトが指摘したごとく、言葉を重ねれば重ねるほどそれは自分から遊離し、言語（ラング）の規制の中へと没入していく。そこにあって、言語へと回収しえない何かを（回収してはならない何かを）、語り手は語らないことによって伝えることを選択したのです。それを根拠に、作品を「黙説法」[*3]や「ミニマリズム」[*4]という通り一遍の用語で回収する向きもありますが、逆です。周縁にあるものに対して饒舌（冗説）になってこそ、この作品は成立するのです。

さて、最後にひとつだけ。

「うまくいくといいですね、と彼は言う。でもうまくいくわけなんてないのだ。うまくいったためしもないのだ」という一文が記憶云々の記述の後に現れます（傍点筆者）。三人称単数の登場人物は前後にいないので、この「彼」はいかにも唐突に映ります。可能性としては、語り手の内部にいるもう一人の自分か、あるいは「神」か。ちなみに、本作の英訳はそれを、you としています。

「午後の最後の芝生」（『中国行きのスロウ・ボート』1983所収　初出「宝島」1982・8）

＊1　同じ性質を持つものの集合体が「形相《けいそう》」です。「イヌ」と聞いて何丁目の何番地で飼われているる特定の「イヌ」を思い浮かべる人は滅多にいないでしょう。そうした、みなさんが「イ

ヌ」と聞いて頭に描く抽象的なイメージこそが「形相」です。

＊2 たとえばドアに「！」のマークがあったとします。それを見てみなさんは、「そこに入るべからず」と理解するでしょう。このときの「！」マークが「シニフィアン」（意味するもの）、それによって現実を区分する概念（「そこに入るべからず」）が「シニフィエ」（意味されるもの）、そしてこのふたつから構成される単位が「シーニュ」（記号）です。いっぽう、たとえばみなさんのパソコン上には「Word」や「Excel」などのマークが多くあることでしょう。それらは、一見しただけで何への入口であるかがすぐにわかるようになっています。「！」マークのように心的な作用を伴わずに、部屋の中になにがあるかをダイレクトに認識できるそのようなものは、「イコン」（「アイコン」）と呼ばれます。

＊3 「彼女は薬指からリングを外した。そして、否、それだけである」のように言葉をあえて差し控える修辞法が「黙説」です。

＊4 一九七〇年代末から八〇年代終盤にかけて、アメリカ文学で盛んに使われた表現形式が「ミニマリズム」です。語り手は映画カメラを手にするかのように、状況を淡々と描写するのみで、それに対する差し出がましいコメント（叙述）はほとんど行わない、というのがその中心的な思想です。語り手がでしゃばりがちな六〇年代「ポストモダン文学」のカウンターアートとして登場したと言ってもいいでしょう。

2　誤謬、あるいは小説の仕掛け——「中国行きのスロウ・ボート」

僕は柱によりかかって、そのまま煙草を最後まで吸った。そして煙草を吸いながら、なぜだかはわからないけれど、気持が奇妙にぶれていることに気がついた。僕は靴の底で煙草を踏み消し、それからまた新しい煙草に火をつけた。様々な街の音が、淡い闇の中ににじんでいた。僕は目を閉じ、息を深く吸いこみ、頭をゆっくりと振った。それでも気持のぶれはもとに戻らなかった。まずいことは何もないはずだった。手際が良いというほどではないにしても、最初のデートにしては、僕は結構うまくやったはずだった。少なくとも手順はきちんとしていた。

しかしそれでも、僕の頭の中で何かがひっかかっていた。とても小さな何か、言葉にならない何かだった。何かがどこかで確実に損なわれてしまったのだ。僕にはそれがわかっていた。何かが損なわれてしまったのだ。

その何かに思いあたるまでに十五分かかった。十五分かけて、僕は自分が最後にひどい間違いをしてしまったことにやっと気づいた。馬鹿げた、意味のない間違いだった。しかし意味のないぶんだけ、その間違いはグロテスクだった。つまり僕は彼女を逆まわりの山手線に乗せてしまったのだ。

逆まわりの山手線

引用が長くなりましたが、「中国行きのスロウ・ボート」は、この「ひどい間違い」、つまり「誤《ご》謬《びゅう》」がテクストにドライブ（推進力）をもたらす、仕掛け小説です。その前に。

この作品においても「午後の最後の芝生」同様、「記憶」についての断りがあります。「僕の記憶力はひどく不確かである。それはあまりにも不確かなので、ときどきその不確かさによって僕は誰かに向かって何かを証明しているんじゃないかという気がすることさえある」「そんな具合に、僕の記憶はおそろしくあやふやである。前後が逆になったり、事実と想像が入れかわったり、ある場合には僕自身の目と他人の目が混じりあったりもしている」云々、「記憶」と「虚構」については前章で見た通りです。この記述に従うように、「不確か」を連発する信頼のおけない語り手「僕」が、小学生時代に脳震盪を起こしたという「傷」が想い起こされ、それに絡まるようにして、夏休みの午後に行われた野球の試合、そこで外野飛球を追いながらバスケットボールのゴールポストに激突したこと、そして脳震盪から目を覚ました時に「僕」が付き添ってくれた友人に向かって、「大丈夫、埃さえ払えばまだ食べられる」と人事不省の譫言を告げたことが呼び覚まされます。

しかし。

どうやら、この作品の語り手は、「午後の最後の芝生」の語り手とは異なり、周縁にある虚構を増幅させその核を無言で、あるいは言葉少なに抉り出そうとするのではなく、あくまで虚構の世界そのものを極めようとしているようです。不確かさによって誰かに何かを証明する、という発言それ自体、あえてそう言ってしまうこと自体、伝統的な小説家たちの虚構構築への傲慢な動機に対する、あからさまな挑発と読んだほうが良いでしょう。

さて、引用に戻りましょう。

ここは、語り手「僕」がそれまでの生涯で二人目の中国人に出会ったエピソードの終盤部分です。かつて「僕」は、学生時代の春休みに「小さな出版社の暗くて狭い倉庫」係のアルバイトをしていて、小さな出版社のわりには出庫作業に従業する者が多くいるようで、そこでは「おおかたの人間は彼女と仕事のペースがあわなくて」、「最後まで喧嘩もせずに彼女と共同作業ができたのは僕一人だけだった」。二人が一緒に働きはじめて一週間ばかり経ったころ、ささいな手違いがもとで「彼女」がパニック（！）に陥り、それを「僕」がなだめたことで交友が生まれ、仕事の最後の日に、新宿のディスコティックに「僕」が「彼女」を誘いデートをし、その別れ際の出来事です。「彼女」は厳格な兄と共に暮らしており、家には十一時という門限があります。駒込に住む「彼女」は「そろそろ帰らなくちゃ」と十時二十分に言い、新宿駅で山手線に乗ったのは、テクストから逆算すれば十時半頃です。

　引用の後半では、「何か」が六回反復され、「間違い」が三回反復されます。その反復によって、結論が先延ばしされる。読み手はその間に、いったい何が起こったのかを想像する猶予を与えられるわけですが、いっぽうで、想像の始動はすなわち、「盛り上げ」という小説の罠の中に進み入ることを意味します。物語上の時間は十五分経過します。つまり語り手は、「僕がそこに行き着くまでには十五分かかったんだよ」と、現実的な尺度を投入します。無論、読み手の「読む時間」は十五分もかかっていないでしょう。一分もかかっていないかもしれません。しかしその一分の間に読み手はじらされ、じらされた挙句に、あたかも一分が十五分だったような錯覚をきたすのです。それが、この反復のもたらす小説的な効果です。読み手の側からすれば、誤秒ならぬ、誤謬が生じる。たとえば、小島信夫の「アメリカン・スクール」で、女教師・ミチ子が終始何を気にかけていたか、彼女の不安を反復しつつその種明かしを引き延ばすことによって、実際に教師一行が目的地のアメリカン・スクールに到着するまでの時間と読み手の時間の経過とを操るのと同じ効果です。作者は、そうした小説臭の強い仕掛けをこの部分に施したのです。

　加えて実は、ここにはひとつの意図的な言い落としがあります。「彼女」を逆まわりの山手線に乗せ十五分が経過してようやく「僕」はこう告白します。「僕の下宿は目白にあったのだから、彼女を同じ列車に乗せればそれで済んだはずのことだった」と。「ビール？　あるいはそうかもしれない。それとも僕は自分のことで頭がいっぱいになりすぎていたのかもしれない」と「僕」は自分に言い訳をしますが、それは同時に読み手に対する言い訳でもあります。常識的に考えれば、はじめてのデートでお互いがどこに住んでいるかを確かめあうのは初歩の初歩ではないか。けれどもあたかも「僕」は、そうした会話などまるでなかった(「僕」が目白に住んでいて、帰り道は同じ方向であることを「彼女」は知らなかった)かのようにここまで振る舞い続けてきたのです。当然、そこには別の疑問も浮かびます。

そもそも、最初のデートの最中に互いの住所(と言わずとも最寄駅)を聞くことは、あえて触れずとも行われているものと読み手は解釈するでしょう。とすればなぜ、「僕」は事後的に目白に住んでいることを明かさねばならなかったのか。この言及さえなければ、「僕」は山手線沿線ではないどこか(中央線でも、京王線でも、小田急線でも、西武新宿線でも)に住んでおり、だからホームまで「彼女」を送り、自分はその電車に乗らなかったのだと、読み手は理解するでしょう。前後の文脈も、たとえ「僕」が目白に住んでいなくても、成立します。目白に住む「僕」は、「彼女」を逆の山手線に乗せてしまったことに気づくのに十五分かかった、とは言っていますが、自分が乗るべき山手線のホームが違うことに気づくまでに十五分がかかった、とは言っていません。しかし、「自分のことで頭がいっぱいになりすぎていた」のであれば、また「僕」がそのまま真っ直ぐ帰ろうとしているのであれば、まず自分のホームが違うことに気づき、次に「彼女」を逆に乗せてしまったと気づくのが順序というものでしょう。その意味でも、「僕の下宿は目白にあったのだから」とつけ足すように語られるのはいかにも妙です。

信頼できない語り手

こうしたことごとの側面に、読み手がこの作品の語り手を信頼できない「何か」があります。言葉を換えれば、信頼のおけない語り手がそこにいる。そして、推理小説を読めば自明なように、信頼のおけない語り手は、故意の言い落としや、誤った情報を提示する役割において、小説を仕掛けるためにはなくてはならない存在なのです。と読めば、「目白」は、信頼できない語り手が大胆にも、私は信頼できないんですよ、仕掛けているんですよ、と読み手に注意を促すためにつけ足されたと見ることもできるでしょう。

そうした語り手の行為は、その後に訪れる「第二の誤謬」で確認されます。

そしてその夜、僕たちは別れた。僕は一人ベンチに座ったまま最後の煙草に火を点け、その空箱を屑かごに投げた。時計はもう十二時近くを指していた。

彼女を逆まわりの山手線に乗せた「僕」は、順まわりの山手線（とは書かれていませんが、それが妥当でしょう）で駒込まで行き、「彼女」を待った。最初は硬い殻をかぶっていた「彼女」ですが、ベンチに座って話をするうちに打ち解け、二人は翌日に会う約束をします。「僕」は「彼女」に「電話するよ」と言います。それに続くのが右の引用です。ところが。

僕がその夜に犯したふたつめの誤謬に気づいたのはそれから九時間もあとのことだった。それはあまりにも馬鹿げていて、あまりにも致命的な過ちだった。僕は煙草の空箱と一緒に、彼女の電話番号を控えた紙マッチまで捨ててしまったのだ。

ふたつめの誤謬とは、すなわち第二の仕掛けでもあります。しかし、賢明な読み手なら、今回は、くるぞ、くるぞ、と構えていたでしょう。この際、「賢明な読み手」とは、言わなくても良いのに「僕の下宿は目白にあった」と告白した語り手の、従前の作為を感じた読み手を指します。もちろん誤謬に至るまでの伏線は、これよりはるか以前、「彼女」が逆まわりの山手線に乗る前に張られています。その別れ際に、「僕」は「彼女」に電話番号を訊き、それをディスコの紙マッチの裏に書き留めていたのです。こうして、わざとらしいまでの仕掛けをし、「目白」によってその行為を悪びれもせずに提示してしまうところに、作者の、伝統的な小説の語り手に対する挑発の姿勢があります。その上さらに、「あなたが本当に間違えたんだとしても、それはあなたが心の底でそう望んでいたからよ」という駒込駅のホームでの「彼女」の発言が作品の最後に引かれます。

誤謬……、誤謬というのはあの中国人の女子大生が言ったように（あるいは精神分析医の言うように）結局は逆説的な欲望であるのかもしれない。

このようにして、挑発は畳みかけられます。誤謬という仕掛け。それは、伝統の語り手たちの欲望なのだ、と。

さて、結局「僕」は、アルバイト先の名簿や電話帳を調べたにもかかわらず「彼女」の連絡先を見つけることができず、以来「彼女」とは一度も会えなくなりますが、テクストを深読みすれば（深読みしなくてもそれくらいは想像がつきますが）、兄と共に暮らすアパートで「彼女」は、「僕」からの電話を翌日のみならず何日も待っていたかもしれない。そこにはただ、悲痛が残ります。そして、その悲痛こそが作品の支配構造となっています。もちろん、電話を待つ「彼女」が悲しく痛ましいというわけではなく、それは「中国人は中国人だ」というフレーズがもつ神話作用[*1]の悲痛が、この作品の土台にあることを意味します。言葉を換えれば、「中国人は中国人だ」が神話作用を纏う文化的・社会的背景において、「中国行きのスロウ・ボート」のテクストは成立します。言うまでもなく、この際の「神話」とは、たとえば「支那の夜のエキゾチック神話」の「神話」とは意を異にします。

スロウ・ボートの神話作用

話はわき道に逸れますが、私は一九八〇年代の大半をサン・フランシスコで過ごしました。その間に多くの中国人に出会いました。否、出会わざるをえませんでした。なにしろ世界最大の「チャイナ・タウン」がある町ですし、他の地域に比べて異様に狭く暗い路地が走る、その市中心部の「チャイナ・タウン」以外にも、市内至るところに「○○公司」という中国系企業の看板が溢れていました。

はじめて出会った中国人は不動産屋の社長でした。住み始めた当初は白人の家に下宿住まいをしていたのですが、さすがに半年もすると、学生ならいざ知らず社会人になってまで風呂・トイレ共用のプライバシーのない生活が窮屈になってきました。そこで、下宿からアヴェニューの数でいくと二十ばかり離れた太平洋にほど近いところに1ベッドルーム（キッチン兼居間1＋寝室1の日本で言うところの1LDK）のアパートを借りることにしました。

新聞広告を頼りに月四百ドルの物件にいざ電話をしてみると、いきなり受話器から中国語が飛び出してきました（まさに飛び出してきた！）。こちらが「ヘロー」と言ってようやく、向こうも「ヘッロー！」とそれに応じました。それでもしばらくは「フー・イズ・ディス！」などと詰問調で迫られました。個人でアパートを所有している場合も当然あるので、そうした応答も予想できないことはありません。けれども、私が「フー・イズ・ディス！」と責め立てられたそこは、歴とした不動産屋でした。

「借りるのか？　借りないのか？　借りるならいますぐでなきゃ駄目だ」という先方の押しつけを断り切れずに（当時サン・フランシスコではアパートの絶対量が不足していた事情もいっぽうではあります）、一時間後に現地を訪れると、そこに待っていたのは、頭の禿げ上がった小太りの東洋人でした。名刺には「President」とありました。そのW氏は、自分は中国人であると私に告げました。案内された部屋は二階の日当たりの悪いじめっとした部屋でしたが、室内は手入れが行き届いていました。家賃四百ドルならこの程度のものか、とも思ったものの、なおも「借りるのか？　借りないのか？」との問いに私はいったん答えを保留しました。

翌日仕事から戻ると私は下宿の主から、不動産屋から電話があったと告げられました。嫌な予感がしました。電話は自分で権利を買い、私の部屋に引いたものです。不動産にはその電話番号しか教えていなかったので、主は私の部屋で電話をとったことになります。どうやらアパートを探しているらしいね、と彼は言いました。君がここに住む時に、私たちは少なくとも一年以上はいてくれるだろうと、いろんな投資をしたんだ。何の投資をしたのかはわかりませんでしたが、彼の言わんとすることはわかりました。いきなり不動産屋から電話があって（とは言え、私の部屋の電話です）、私がそこを出ようとしていると聞き憤っているのが、彼の震える声から伝わってきました。家賃収入を当てこんで、本当に何かに投資でもしていたのかもしれません。しかしそれ以上に、下宿だと断っていたにもかかわらず電話を寄越し、本人ではなく、よりによって下宿の主に私がアパート探していることを言ってしまうW氏の感覚が私には到底理解できませんでした。結局その後、下宿の奥さんや、もう一人の下宿人（護身用にいつもナイフを持ち歩いている大柄なカナダ人でした）も私に対して冷たくなり、W氏のアパートに移ることになりました（その間、彼は私の会社にまで押しかけてきて、上司に保証人になることを求めました）。下宿からは敷金も戻らず、また向こう一ヶ月の家賃を要求され、さらには電話も没収されました。

それが、私がサン・フランシスコで係わり合いになった最初の中国人です。第一印象としては決して良いものでありませんでしたが、彼は中国人ではあるが競争社会のアメリカでビジネスを営む一個人でもある、と納得するしかありませんでした。以降、私はサン・フランシスコで数多くの中国人と接することになります。会社の従業員（私の会社は小売業で、現地従業員の一人、中国系のHさんは客に金額を告げる時、ぴったりの金額でもないのに決まって「ちょうどです（even）」をつける癖がありました。「五ドル三セントちょうどです」「十二ドル三十八セントちょうどです」）、ビデオ屋のおかみさん、いっこうに客の名を覚えようとしないクリーニング屋の娘……。いちばん親しくした友人も中国系アメリカ人でした。

そのR君は私より十歳年下でした。両親が中国人で二人とも英語が不得手でしたが、R君はアメリカの学校に通い、二世では当たり前のことですが、普通に英語を話しました。アメリカを発つ時、私は彼に新車で買った時の半額で車を売り、日本に戻った後、一緒にNFLの「ジャパン・ボール」を東京ドームに見にいったりもしました。中国人、日本人といった人種の壁など私たちには見えなかった。が、たったいちどだけ、彼が中国人の血を引いていることを強く感じたことがあります。

どうしてそのような話になったのか、今となっては思い出せませんが、事の発端は、私が「モンゴロイド」という言葉を使ったことでした。Ｍｏｎｇｏｌｏｉｄ。無論、私はそれを「黄色人種」という意味で使ったのですが、R君は「それは差別用語だ」と言い張りました。「俺たちは同じモンゴロイド」という文脈だったと思います。そんな言葉は使うべきでない、と言うR君にはその言葉の本来の意味はわかっていませんでした。けれども、その言葉の持つ響きの何かが、彼に差別を思わせたのです。後から、辞書を調べてわかったことですが、日本人が言う「モンゴロイド」と、英語の「Mongoloid」には大きな意味の隔たりがある。私たちは、あくまで人種を肌の色で三つに区分する際の関係性の中でこの言葉を用いますが、英語での意味は「モンゴル人種」というのが一般的です。「モンゴル人種」には差別性はありません。けれどもいっぽうで、Mが小文字になる「mongoloid」は、「ダウン症患者」の蔑称でもあります。おそらくあの時の彼は、そこから差別性を嗅ぎとっていたのでしょう。

中国人は中国人。日本人は日本人。それでいいじゃないか。

「モンゴロイド」なんていう言葉を使わなくてもいいじゃないか、と言った後に彼はそう続けました。その時、ほんの一瞬ですが、彼の表情に、「中国人は中国人」の後の方の「中国人」と、「日本人は日本人」の後の方の「日本人」の意味が異なっているのを、私は確かに見ました。

さて、「中国行きのスロウ・ボート」には他に二人の中国人が登場します。一人は、「僕」が小学生時代に模擬テストを受けにいった先の試験監督官であり、もう一人は「僕」が二十八歳の時に再会した高校時代の級友です。前者は、「登山口の土産物屋にでも売っていそうな粗い仕上げの桜材の杖」をつき「左足を床にひきずるように」歩いていた、と描写され、また後者は、「仕立ての良いネイビー・ブルーのブレザー・コートに、色のあったレジメンタル・タイといきちんとした身なりではあったけれど、何もかもが少しずつ擦り減りつつあるという印象を与えていた。顔立ちも同じようなものだった」と描写されます。いずれも先の「彼女」と同じようにある種の悲哀が漂います。それらの悲痛、悲哀はどこから生じるのでしょうか？

作品の扉には「古い唄」の一節が引かれ、その唄が短篇のタイトルそのものになっているのですが、そこで歌われるロマンチックな詩とは裏腹に、この作品を支配する下地は「中国人は中国人だ」という物言いに含まれる、後の方の「中国人」に篭められるシニフィエ、つまり、前の「中国人」が中国人一般を指すのに対し、後ろの「中国人」はサン・フランシスコで僕が出会った不動産屋のような、我々が中国人的とみなしがちな性格全般を指すという、ロラン・バルトが言うところのそうした神話作用に対する、中国人側からの被差別意識への語り手の眼差しに他なりません。その眼差し自体、差別感覚を維持しこそすれ断ち切れないとも言えるわけですが、読み手である私たちも、そうした大枠としてのシーニュが介在することを了解した上でこの短篇を読み、その際どい淵において物語は成立するのです。

「日本人は日本人」というR君の言葉の、後の方の「日本人」に私が垣間見たものも、そうした神話作用、中国人サイドからの歴史観を伴った「日本人像」であったことは言うまでもありません。

友よ、中国はあまりにも遠い。

「中国行きのスロウ・ボート」（『中国行きのスロウ・ボート』１９８３所収　初出「海」１９８０・４）

＊1　ロラン・バルトは、いかなるテクストも基本的には既存の文法の繰り返しにすぎないと主張し、そうした過去の垢にまみれていないテクストを「無垢のエクリチュール」と呼びました。その代表作としてバルトはカミュの『異邦人』をあげましたが、いっぽう対極にある先入観にまみれたテクストを「神話」と定義しました。ある文法を使えば読み手は機械的に別のイメージを想起する。「神話」とは、形式上は、そうさせるための操作です。たとえば難波江和英・内田樹『現代思想のパフォーマンス』では、「ユダヤ人はユダヤ人だ」というフレーズを例にあげていますが（p103）、「ユダヤ人はユダヤ人だ」と言うときに、私たちは、前者の「ユダヤ人」を一般的な意味でのユダヤ人、それに対して後者の「ユダヤ人」には、ユダヤ人の特徴や風評（あるいは蔑視）が篭められていることを機械的に了解します。その種の作用をもつ文章構造が「神話」であり、同一の言葉なのに異なる意味が発生する場は「メタレベル」と呼ばれます。

3　語り手の気づかい、あるいはおせっかい――「納屋を焼く」

どうしてその男のことをそんなにくわしく知っているかというと、僕が空港まで二人を出迎えに行ったからだ。突然ベイルートから電報が届いて、そこにはただ日付けとフライト・ナンバーだけが書いてあった。空港に来てほしいということらしかった。飛行機が着くと――飛行機は悪天候のために実に四時間も遅れて、そのあいだ僕はコーヒー・ルームでフォークナーの短篇集を読んでいた――二人が腕を組んでゲートから出てきた。

控え目なフォークナー

引用のようにフォークナーはさりげなく「納屋を焼く」に現れます。

三十一歳の「僕」は二十歳の「彼女」と知り合いの結婚パーティーで顔を合わせ、二人の交友が始まります。「僕」は結婚していましたが、「彼女は年齢とか家庭とか収入とかいったものは足のサイズや声の高低や爪の形なんかと同じで純粋に先天的なものだと思いこんでいるようだった」。「彼女」はパントマイムの勉強をしており、「蜜柑むき」という「芸」をバーのカウンターで「僕」にしてみせます。この場面の印象がつとに強く、多くの読み手は、短篇「納屋を焼く」がなぜ「納屋を焼く」だったのか、その後にどんなストーリーがあったのかを、何年かするとすっかり忘れ去ってしまいます。

「彼女」は突然北アフリカに行きます（覚えていますか？）。父親が死に、まとまった現金が手元に入ったのです。テクストでは具体的な国名として「ナイジェリア」が出てきますが、語り手はストレートに「ナイジェリア」とは言わずに、なぜか「北アフリカ」と言いたがります。どうして「北アフリカ」なのかは「僕」には不明ですが（恋人がある日アメリカやヨーロッパではなく、「北アフリカ」に行くと言い出したら、誰だってその唐突さと途方もなさに呆れるでしょう）、三ヵ月後に帰国すると、「彼女」は現地で知り合った彼女にとって「最初の、きちんとした形の恋人」を伴っています。二十代後半の「彼」は貿易関係の仕事をしており、背が高く、きちんとした身なりをしていて、丁寧な言葉づかいをし、それなりにハンサムで、手が大きく、指が長い。「彼」公認のもとに「僕」はその後も彼女と「デート」を続けますが、ある日、二人が「僕」の家を急に訪ねてきます。三人で缶ビール二十四本を空け、グラスを吸い、「彼女」が「僕」のベッドで眠ってしまった後に、「彼」は「納屋を焼く」趣味があることを「僕」に告白します。今度焼くべき納屋の下調べをするために「僕」の家の近くにまで来たのだと。そして、ちかぢか近所で納屋を焼くと「僕」に予告します。「僕」は本屋で地図を買い、周辺を歩き回って納屋の所在をチェックし、物件を絞りこんでそれらを線で結び、その七キロあまりの道のりを毎日走り続け、納屋の火災の有無を確かめようとします。しかしそうした兆候はいっこうになく、二ヵ月が過ぎ去った頃、「僕」は偶然乃木坂《のぎざか》で「彼」と出会い、放火の有無を問います。「彼」は、「僕」の家を訪問した十日ほど後に「すぐ近く」で納屋に火をつけたと断言します。というのが、この短篇のあらすじです。

さて、ウィリアム・フォークナーは言わずと知れたアメリカの作家です。「納屋を焼く」にはフォークナーと同時代を生きたF・スコット・フィッツジェラルドの「ギャツビー」も登場しますが、より重要な意味を持つのはフォークナーのほうであることは明らかでしょう。なぜなら、「納屋を焼く」*Barn Burning*」はフォークナーの代表的短篇でもあります。「納屋を焼く」の作者が「納屋を焼く」に現れ、「納屋を焼く」の中で、男が「納屋を焼く」。放火男は、この前納屋を焼いたのは「夏、八月の終りですね」とも言います。そこにもフォークナーが『八月の光』をしょって顔を出しているような気配があります。ところが。


「貿易の仕事ってそんなにもうかるのかな?」

「貿易の仕事?」

「彼がそう言ってたよ。貿易の仕事をしてるんだってさ」

「じゃあ、そうなんでしょ。でも……よくわかんないのよ。だってべつに働いているようにも見えないんだもの。よく人に会ったり電話をかけたりはしてるみたいだけど、とくに必死になっているって風でもないし」

「まるでギャツビイだね」

「なあに、それ？」

「なんでもないよ」と僕は言った。


これが「ギャツビー」の登場する場面です。村上春樹「納屋を焼く」の「僕」は、空港でフォークナーの短篇集を読み、フィッツジェラルドも読んでいるアメリカ文学通で、たわいのない会話においても、このように素早くアメリカ文学を引き合いに出す性向がありますが、なぜか「彼」が納屋を焼くことを宣言した時には、「まるでスノープスだね」とは反応しません。「僕」はフォークナー短篇集を読んではいますが、「納屋を焼く」という短篇があることを知らなかったのでしょうか。

解釈のしかたはみっつあります。

①「僕」がフォークナーの短篇集を読んでいたがために、家で「彼」と向きあった際に、すでに大量のビールを飲みマリファナまで吸っていたこともあり、「僕」は「彼」が納屋を焼くという幻覚を見た。後日「僕」に出会った「彼」は、「僕」の言っていることが理解できなかったが、適当に話をあわせて「確かに納屋を焼いた」と告げた。これはフォークナーがこの作品の内部で、主人公「僕」の思考の因果関係において重要な意味を持つという解釈です。

②いっぽうで、作品内部においてはフォークナーは何ら意味を持たない、という解釈もできます。つまり、彼と向き合った際に、「僕」も「彼」も「トリップ」をしていたが意識は鮮明で、彼は間違いなく納屋を焼くことを「僕」に告白し、それを実行した、という解釈。この場合、「僕」が空港で読んでいたのがたとえばヘミングウェイの短篇集であったとしても、あるいは、「僕」がそこで本を読んでいなかったとしても、物語内人物達にとっては微塵の因果関係も作動しません。

①のケースでは、「僕」は「納屋を焼く」という短篇の存在を知っていたことになり、否、そればかりか、その物語によって思考を支配されていたことになり、②のケースでは、「僕」は、フォークナーは読んでいるが「納屋を焼く」という作品の存在は知らなかったか、ないしは、知っていたとしてもそれをあえて口には出さなかった、ということになります。

そして、②の延長線上に第三の可能性として考えられるのが、③語り手の介入、です。

ところで、フォークナー「納屋を焼く」は裁判のシーンから始まります。物語世界を俯瞰する語り手の視線は主人公である少年カーネル・サートリス・スノープスに常に焦点化[*1]されています。裁判はチーズの匂いがする「店」で行われていますが、少年は部屋の後ろから、「父と父の敵」を見つめています。彼の父で小作農のアブナー・スノープスは、家から逃げた豚をめぐり、その豚が逃げ込んだ地主と些細な諍《いさか》いを起こします。豚はとうもろこし畑に入りこみ、地主は、一度目は豚をアブナーに返し、二度目には豚小屋に入れ、それを取りにきたアブナーに豚小屋の囲いができるよう針金を渡し、三度目には豚をそのまま飼っておきます。アブナーの家に行くと針金は放置されたままで、地主は彼に飼育料として一ドルを支払えば豚を返すと告げます。それを逆恨みした彼は地主の納屋に火を放つのです。証拠不十分でスノープス一家は有罪を免れますが、郡からの退去を命じられます。荷馬車に一家の全財産を積んで次の土地に向かったアブナーはそこでもまた問題を起こします。

父を見守る少年の目に、父の行く、全く横にそれることのない進路がうつり、そのしゃちほこばった足がもろに、落ちたばかりの馬糞の山に突っ込むのを見た。私道のそこに馬がとめてあったからなのだが、父は歩幅を変えさえすれば避けることができたはずだ。

（ウィリアム・フォークナー「納屋を焼く」／志村正雄訳）

父は「もろに、落ちたばかりの馬糞の山に突っ込」むのです。それを冷静に見つめている少年の姿にフォークナーのユーモアとペーソスが篭められていますが、無論少年が鋭く観察するように、アブナーは意図的に「もろに」馬糞の山を踏みしめるのです。見張り役の黒人に「白人さん、こっちへ入る前に足を拭いてくだせえ」と咎められるのを無視して、アブナーは地主の家に上がりこみ、フランス製の絨毯を台無しにしてしまいます。「じゅうたんをわざわざフランスから取り寄せるなんてことを考えるんなら、あたしだったら家に入って来る人たちが踏みつけるようなところに置かないわ」と少年の姉は言い、それもそれで理不尽なだけにユーモラスなのですが、しかし、アブナーは地主から、代償として秋の収穫を没収することを言い渡されます。そのことに腹を立てたアブナーはまたも、地主の納屋に火を放つのです。納屋の火災を背にその場から逃げ出した少年は、丘の頂きに達しても家を振り返ろうせず、そして、暗い森を目指して歩いていきます。

というのが、オリジナル版「納屋を焼く」の筋書きです。村上のテクストの細部には、先行したテクストとのいくつかの類似点、ないしはオリジナル版が意識された文脈があります。たとえば、叙述部分における時間の経過（その速さ）。前者がフォークナー（出典同）、後者が村上の、それぞれ「納屋を焼く」です。


「返事をしろ」と父が言った。

「はい」と小声で言った。父が廻れ右をした。

「寝ろ。あすは着く」

翌日、着いた。


「本当に日本に帰ってくるんだろうね？」と僕は訊ねてみた。

「もちろん帰ってくるわよ」と彼女は言った。

三ヵ月後に彼女は日本に帰ってきた。

「翌日、着いた」（原文では、To-morrow they were there. ～もちろん To-morrow よりも The next day のほうが文法的には正しい）は、いかにも気合がみなぎらない、読書欲を千々に乱されてしまいそうな叙述ですが、いずれにしても、それまでの濃密な描写部分から叙述部分に移行した途端に、たった一行で、フォークナーの物語は一晩が経過し、村上の物語は三ヵ月が経過します（冒頭の「僕」が空港で待つ場面でも四時間が瞬く間もなく経過します）。

つぎに双子です。

双子は、一連の村上作品において生来的とも思える存在であるのは周知の通りですが、「納屋を焼く」でも、「三つめの納屋と四つめの納屋は年老いた醜い双子みたいによく似ている」と双子が言及されます。ちなみに「僕」の家は、納屋がまだ多く残る郊外にあり、近くには大学のグラウンドもあって、どこか、双子と「僕」がアパートで同居をする『１９７３年のピンボール』の舞台と重なるところがあります。いっぽう、フォークナーの「納屋を焼く」では、主人公の少年の二人の姉が双子です。「姉たちは双子だった、同じ時に生まれていた、だから今はどちらも、家族の中の任意の二人という程度の肉、がさ、体重をしているという印象を与える」という志村正雄先生の名訳は少々難解ですが、原文に立ち返ると、「二人の姉は双子だった。彼女たちは同時に生まれたが、しかし今では、彼女たち以外の家族二人ぶんと同等の物理的存在感と、大きさと、重さを有しているに過ぎない、ただそれだけの印象だった」といったあたりになるでしょうか、語り手はこう続けます（ふたたび志村訳）。「その頭、顔だけが、ただこちらを向いて、少年にほんの一瞬、どんな愕きにもわずらわされない若い女性の顔立ちの驚くべき広がり、ただ牛が示す興味のようなものしか現わしていない表情を見せた」。要するに、「肉」だの「がさ」だの言っていますが、どうやら双子の姉妹は牛に等しいということらしい。牛、です。

美しいまでの対置とアフリカの猿

しかし、これらは言わばちっぽけな類似点に過ぎません。村上「納屋を焼く」のテクストがフォークナー「納屋を焼く」のテクストを意識していると強く思われるのは、むしろ相違点のほうにあるのではないでしょうか。その美しいまでの対照性にこそ、私たちは隠された「間テクスト性」(先行するテクストからの影響)を読みとります。


「つかまりゃしませんよ」と彼はこともなげに言った。「ガソリンをかけて、マッチをすって、すぐに逃げるんです。それで遠くから双眼鏡でのんびり眺めるんです。つかまりゃしません。だいいちちっぽけな納屋がひとつ焼けたくらいじゃ警察もそんなに動きませんからね」

「それに外車に乗った身なりの良い若い男がまさか納屋を焼いてまわってるなんて誰も思わないものね」

彼はにっこりと笑った。「そのとおりです」

フォークナー「納屋を焼く」との違いが、村上「納屋を焼く」のこの部分に凝縮されていると言ってもいいでしょう。

①フォークナー「納屋を焼く」の放火犯が貧しくみすぼらしい白人小作農であるのに対し、村上「納屋を焼く」のそれは、貿易商を営む「外車に乗った身なりの良い若い男」である。

②フォークナー「納屋を焼く」の主人公が決して後ろを振り向かず焼ける納屋から目を逸らし続けるのに対し、村上「納屋を焼く」の「彼」はそれを、「遠くから双眼鏡でのんびり眺める」。

③フォークナー「納屋を焼く」では、「納屋」が農家の貴重な財産であるのに対し、村上「納屋を焼く」においては、「ちっぽけな納屋がひとつ焼けたくらいじゃ警察もそんなに動」かない程度でしかない（実際、私自身、高校時代の一時期をアメリカ・アイオワ州の農家で過ごしましたが、家畜が飼われ干草が貯蔵される納屋は彼らの生活の源泉であり、それこそ納屋が焼けようものなら地方新聞の一面に大々的に報道されたくらいです。もちろん、どこの国に行っても、農家にとって納屋は焼けてはならないものであることは言うまでもありません）。

④フォークナー「納屋を焼く」の放火犯は捕まることを覚悟し、事実罪を問われ裁判にかけられて郡を追われるのに対し、村上「納屋を焼く」のそれは、「つかまりゃしません」と確信している。

こうも綺麗にふたつのテクストが対立するところに、却って、村上「納屋を焼く」が多分にフォークナー「納屋を焼く」を意識していることを、誰しも感じざるをえません。その意味で、作中に直接の引用は（タイトル以外には）これと言って見当たりませんが、村上「納屋を焼く」は、フォークナー「納屋を焼く」との間テクスト性によって成立している作品であることが確信されるのです。その確信に立てば、空港で「僕」が「フォークナーの短篇集」を読んでいたという記述は、物語の外部において俄然重要な意味を帯び始めます。つまり、物語の内部にいる語り手が、その物語がフォークナー「納屋を焼く」との関連性を持つことを、物語の外部にいる読み手に向けてウォーニングしていると、私たちは考えます。そう考えることが有効になります。

けれどもそれは、あたかも語り手が、「納屋を焼く」というタイトルの作品に対して、読み手がフォークナーの「納屋を焼く」を想起しないかもしれない、という気づかいを働かせてわざわざテクスト内に介入してきているともとれます。親切心なのですが、賢明な読者たちにとってはおせっかいでもあり、「納屋を焼く」という物語を読み出した彼らは、テクストの途中に「フォークナー」が登場することに微笑むか、あるいは、これみよがしの印として、テクスト内部には何ら因果関係を作動させないこの記述を、胡散臭くさえ思うでしょう。

ところで、フォークナー「納屋を焼く」もまた、語り手が随所で物語外部へと介入してくる作品です。たとえば、こんな具合に（志村正雄訳）。

父がはじめて口を開いた。冷たい、荒い、抑揚のない、強調のない声だ――「そのつもりです。住んでいたくありません、こんな郡のやつらと来たら……」だれを指すでもなく、印刷できないような不潔なことを言った。（傍点筆者）

すでに兄が坐っている馭者台に乗って、やせた騾馬たちに皮をはいだ柳の枝の鞭を荒く二度当てたが激したものはなかった。サディスティックとも言えない。後年、彼の子孫たちが、自動車を走らせるまえ、エンジンを不必要にふかす、あれと全く同質のもので、鞭を打っておいて同時に手綱を引くというぐあいだ。（同）

これらに比べれば、村上「納屋を焼く」におけるフォークナーの登場は、ともすれば見逃してしまうほど巧みに語り手の介入を成立させていますが、それはある意味、語り手が語る上での一定のモラルを保ちながら、いっぽうで、厳格なモラリティを持つが故に、読み手に対して作品の種明かしをせざるをえなかった、という弱さをも浮き彫りにするのです。

さて、ここで話はわき道に逸れます。

先に主人公の姉が「牛」にたとえられる箇所を引用しましたが、フォークナー「納屋を焼く」にはもうひとつ人が動物に喩えられる箇所があります。喩えられるのは他でもない放火犯アブナー・スノープス自身です。息子をして彼は、「父さんは戦争に行ったんだもの！　サートリス大佐の騎兵隊にいたんだ！」と威厳をもって前置きされますが、ところが直後に語り手によって、それは「猿が戦争に行ったのと同じなのだ」とおとしめられます。猿が戦争に行った、です。フォークナーさん、それはいくらなんでも、と思いつつ原文にあたると、この部分は 'going to war as Malbrouck himself did.' で、その頭文字が大文字で示される「マルブルック」を辞書で調べてみると（こうした語句をいちいち調べなくてはいけない翻訳家という職業も、ひどく重労働です）、東アフリカ、北アフリカに生息する、青い陰嚢と赤いペニスを持つミドリザルの一種、とあります。

赤いペニスはどうでも良いですが、ひょんなところに「北アフリカ」が出てきました。

「納屋を焼く」（『螢・納屋を焼く・その他の短編』1985所収　初出「新潮」1983・1）

＊1　第三者の語り手（天空の位置から物語世界を俯瞰する語り手）が、物語内のどの人物の視点に自らの視点を重ねているか。特定人物の視点に語り手が寄り添うことを「焦点化」と呼びます。

4　フーコーを読む「私」——「眠り」

私はそこに閉じ込められ、あっちこっちとたらい回しされて、いろんな実験を受けるだろう。脳波やら心電図やら尿検査やら心理テストやら、なにやかや。

私はそんなものに我慢できそうになかった。私はひとりで静かに本を読みたかった。毎日一時間きっちりと泳ぎたかった。そして私は何より自由というものがほしかった。それが私の望んでいることだった。病院になんか入りたくない。それに病院に入ったからといって、彼らにいったい何がわかるだろう？　彼らは山ほど検査をして、山ほど仮説を立てるだけなのだ。私はそんなところに閉じ込められたくなかった。

「お」がつかない蕎麦

「眠り」の主人公「私」は、この引用でひとつの反逆を試みています。その反逆とは何なのかを、ミシェル・フーコーを通して読み解くのが本章の課題です。その前に。

亡くなった私の父は何かにつけモノを言いたがる人でした（世間一般では、そのような人類を「クレーマー」と呼ぶこともあります）。スーパーで二百円のスリッパを買い一週間で鼻緒が切れると店長を家まで呼び出しましたし、別段高級でもない普通の大衆食堂に行って牡蠣フライ定食を食べれば、「牡蠣はうまいが飯がまずい」などと店員に言い寄り、同じ方向に行く路線バスが三台も立て続けに来ると「時間通りに運行しろ！」と運転手に怒鳴り、果ては早稲田通りにまでケチをつけました。その人柄は近所でも有名で（と言うか、轟き渡っていて）、近くの和風ファミレスに一家総出で出掛ければ、店長・店員が総出で三つ指をついて出迎えてくれましたし、私が中華ソバ屋に出前を頼めば、「一品だけじゃ持ってけねえんだよ」と店主にけんもほろろに断られそうになるのですが（と書いてから、辞書を引き発見しましたが、「剣もぼろぼろになるくらい」と思っていたこの喩えが、ところが「けん」も「ほろろ」も雉の鳴き声だというのを初めて知りました）、あらためて住所と名を伝えると、店主は「ひえ～」と声を発し、「ただちにお持ちします」と態度を翻しました。ラーメン屋が「ただちに」です。それらの綿々とした鬱憤が溜まってか、父親の死後、贔屓にしていた魚屋には憚《はばか》りもなく「あのクソオヤジくたばったか」と言われましたし、事情があって家を建て替えた時には、近隣からあれやこれやと建築の注文をつけられる羽目になりました。だからみなさん、子のためにも近所づきあいを大切にしましょう。

などということを言いたいのではもちろんなく、村上春樹「眠り」はおそらく、村上短篇の中では最も、いろんな人がいろんなことを言いたがる作品でしょう。なにしろ村上自身それを、「いちばん印象に残っている短編小説」と明言しているのです（『若い読者のための小説案内』）。下手なことを言って、私の父親みたいな人の目にとまればそれこそ、たとえ本がどんなにお値打ち価格であろうと、筆者はおろか編集者や出版社まで呼び出されかねません。この夜郎自大が、と。

お静かに。

そもそも「眠り」と聞いただけで、読む前からフロイトの「無意識」を意識してしまう読者も大勢いるでしょうし（そうではありませんでしたか?）、女性一人称の語りに見るジェンダー性に目を向ける読者だって大勢いるでしょうし、ネットで検索すれば、きっとそこにはこの作品に対する数々の解釈が打ち立てられているのに違いありません。この論の「フーコーを読む『私』」という表題と引用とを見て、ほらほらきたね、例のやつだろ、とすでにこの時点で読むのを放棄している読者も大勢（こちらの「大勢」は無論絶対値ではなく、相対的にみた割合の意です）いるでしょう。でもあえて、「フーコーを読む『私』」で本論を強行したいと思います。一点突破全面展開、になれば良いですが。

ところで。

「午後の最後の芝生」の章で抽出しましたが、村上作品には西洋文化、カタカナ語がふんだんに盛り込まれています。そのいっぽうで、あえてカタカナが使われていない言葉もテクスト上に数多く見つけることができます。それらは、マリネならぬ「酢漬けの鯵」であり、ジャッキならぬ「万力」であり、ニッパーならぬ「やっとこ」であり、フレームならぬ「テレビジョンの木枠」であって、単語ばかりでなく、たとえば「午後の最後の芝生」でも、「シエスタ」とはせずにあえて「スペイン系の国によくある昼寝の時間」などと語り手がまわりくどく言うような箇所がありますが、「ホット・ミルク」や「ベッド・スプレッド」や「レミー・マルタン」や「ブルージーン」や「クールダウン」といったカタカナ語が溢れる「眠り」でもやはり、「私は水着に着替えて、水泳用の眼鏡をかけ」という一節が出てきます。「水泳用の眼鏡」。なぜ「ゴーグル」一言で済ませないのでしょう。村上春樹の語り手たちは、済ませられないのでしょう。それともうひとつ、こちらはつい見落としがちになりますが、「コーン・フレーク」も出てきます。カタカナではありますが、これは英語ではなく日本語です。「ベッド・スプレッド」と言う語り手をして、なぜ「シリアル」ではなく「コーン・フレーク」なのでしょう。

こうした用語は、作品全体が表面的には極度な西洋化に走るのを防ぐように見えてその実、賢明な読み手に対しては、背後にあるカタカナ語を想像することによって、逆説的にそのウェスタナイゼーションをいっそう強化する効果をもたらします。一例をあげれば、片岡義男の描くアメリカ西海岸の光景が、それがアメリカ西海岸に留まり続けるがゆえに、読み手にとってはどこまで行っても何かが浮いたような西洋世界そのものが維持されてしまうのに対し、村上作品のこれら用語は、いったん視座を日本に引きこみ、エドワード・サイードは『オリエンタリズム』[*1]で西洋人の目から見た東洋の幻想を指摘しましたが、その逆で、日本人の目から見たウェスタナイゼーションの幻想を掻き立てます。そうした効果を、テクストは狙うのです。

その戦略が機能するかたわら、「眠り」には、同じ言葉選びにおいて染みもあります。それはすなわちフェミニズム批評（男性作家の作品を女性の視点で読み直す批評手段）的な読みが作動する箇所でもありますが、この作品が純粋に女性一人称によって語られているとすれば、という前提で読み進んでいくと、「眠ろうと意識すればするほど、逆に目が覚めてくる。酒や睡眠薬を試してみても、まったく効果はない」や、「昨日の残りものがあればそれを電子レンジで温めるし、なければ蕎麦ですませる」の、「酒」や「蕎麦」で読み手は立ち止まらざるをえません、と言うか、「ああ書き手はやっぱり男なんだ」と意識し、それを意識することによっていったん作品の外部に放り出されます。そのうえ彼女は、いちどは「酒」と言っておきながら、「私はお酒を飲むことはほとんどない」「実のところ私はもっとお酒を飲みたかった」と追ってそれを「お」づけにしています。その言い直しによって私たちは、「酒」や「蕎麦」という先行した言葉にテクスト上の染み、プロットにはかかわり合いのないところに無意識のうちに染み出てしまう隠されたメッセージ（ロラン・バルトはそれを「鈍い意味」と呼びました）を覗き見るのです。それは、「納屋を焼く」のように緻密に計算された語り手（発話主体）の介入ではなく、作者（行為主体）の不注意による本来は意図されない介入として読まざるをえません。

ついでながら、「女性」の問題で言えばもう一箇所、物語の終盤で「私」は車で横浜に向かうのですが、直前の文脈からすると、どうやらこれは飲酒運転で、女に酒を飲ませて、しかも運転までさせてと、フェミニズム批評の立場からは文字通り、「けんけん」と鳴いているのに「ほろろ」がどうした！　と攻撃されるか（それにしても、雉の鳴き声を「けん」とか「ほろろ」とか聞きとった人は卓越した言語センスの持ち主です）、あるいはまったく正反対に、女性の行動が男性と同等に描かれていると評価されるかもしれませんが（飲酒運転で「同等」を評価するのも、すこし……）、それはそれで、そうした物言いには（あくまでもそうした物言いがあるとすればですが）、女は決して酒を飲んで運転しない、という女性に対する幻想も多分に加味されていて、日本では、地域によっては飲酒運転の検挙率が男女ほぼ同割合、という動かしがたい事実もあります（夫婦で宴会に出て、お前の方が俺より酔ってないからと奥さんが旦那に帰りの運転を任されるケースも多々あるのではないかと思いますが）。

「熊」はあなたの思いしだいで「犬」になる

さて、ミシェル・フーコーです。

あえて言うまでもなく（という前置きは、「あえて言う」ことの宣言でもあります）、フーコーは一九二六年生まれのフランスの思想家、と言うか、本人の語彙を拝借すれば系譜学者で、代表的著作や対談集に『監獄の誕生』『狂気の歴史』『同性愛と生の美学』他多数があります。『同性愛と生の美学』は八〇年代欧米、ことにアメリカで、六〇年代カウンター・カルチャー以降解放され続けてきた「性」の、さらなるラディカルな解放に向けてのバイブルにもなりました。が、それを著したフーコー自身は、八四年にエイズからくる敗血症で死亡。エイズという病の存在をアンディ・ウォーホルやフレディ・マーキュリーに先がけて全世界に知らしめる有名人になりました。

『監獄の誕生』に倣い、私もいちどだけ、大学の期末試験で、最初は教室の壇上で学生に注意を与え、試験開始を告げると一通り学生証の照合をしながら教室内を歩き回り、その後十分ほど部屋を出てみたことがありますが、戻ってみると果たして学生たちは監督官がずっとそこにいたかのように脇目もふらずに答案用紙に向かっていました。フーコー流に言えば私は監視システムの初期設定に成功したわけですが、その後、学生部から二度とそのようなことはしないよう厳重注意を受けました。それにこうべを垂れざるをえなかった私は、大学というもういっぽうのシステムに屈服したということですが、何で私が部屋を空けたことが明らかになったのかと言えばつまり、私の退出に気づいていた学生がいたわけで、彼らはそもそもシステムなど初期設定されなくても真面目に試験を受けるのだ、などと思いつつ、ようは、私が教室に入る以前からそこには「試験場」としてのシステムが初期設定されていたのに他なりません。試験で不正を働けば厳しく処分されることを、彼らはプリセットされていたのです。大掴みに言えば、私のとった行動も含め、それらが、フーコーの説く「自ら引き受けた服従の根源」ということになります。

そして、「自ら引き受けた服従の根源」となりうるもの、その言説の総体をフーコーは「知」と呼びます。『監獄の誕生』と並んで最も広く読まれているフーコーの著作が『知の考古学』ですが、その中でフーコーは、先行した『臨床医学の誕生』で追究した医学言説における十八世紀末からの言表行為の変化のあり方に対する考察を推し進め、「(医療における) 記述的行為は当然、実体の把握であり、また逆にいえば、実体が症状上の、したがって、本質的な現象を通して現れる場合には、必ず言語の支配に自らを委ねずにはおかないのである」(『臨床医学の誕生』神谷美恵子訳)が、「(病院とは) 恒常的な、コード化された、体系的な、医者という特別な、階層秩序化された職にある人間によって保証された観察の場所であり、かくして、それは頻度の量化される領野を構成することができる」(『知の考古学』中村雄二郎訳)としました。

難解なので、難波江和英・内田樹の『現代思想のパフォーマンス』の解釈を借りれば、普段は元気でピンピンしている人が突如身体の不調を来たし病院に行ったとします。病院の自動ドアを一歩くぐった途端に健康だった彼は「患者」になります。「患者」は「医師」の診察を受け、さらに「検査」に回され、結果、彼自身には理解不能な「医学用語」を交えながら「診断」を下され、「患者」から一歩ステップアップして「病人」になり、「薬剤」を「処方」されるか、あるいは「手術」を勧められます。

カッコづけにした言葉が、それぞれの表現の最小単位である「言表」です。そして、あなたは「○○病」に犯されている可能性があり、「薬剤」の「投与」が必要であるとともに、場合によっては「手術」も考慮せねばならず、したがって今後しばらく「通院」してください、などという、これらの言葉の組み合わせによって成り立つ医師の語り口(そこには語られるものばかりでなく、病の治癒期間など、医師が語らない/語れないことも含まれます)を規定する表現のシステムが「言説」ということになります。ここで明らかになるのは、医療現場における「存在」は医療にかかわる言説によって初めて存在する、というソシュール的な言語思想です。

おおまかに言いますと、ソシュールの言語思想の基本とは、コトバによって現実世界は区切られるということであり、たとえば、あなたが暗い夜道を走っていて、突然何か得体の知れない黒い物体があなたの車に激突したとします。熊か？　あなたは最初そう思い身震いをします。でも次の瞬間には、黒いからって熊じゃないよな、犬だよ、犬に決まってる、と思い直して安心します。その時、本当は熊だったかもしれない物体が犬になるという、つまり、そういうことです。もうひとつたとえば。日本にはかつて「彼」という三人称代名詞がありませんでした。「彼」はコトバとしてはありましたが、今で言う「彼」ではなく、もっぱら自分から見て遠いところにあるモノを指す遠称代名詞でした。明治期以降、西洋の文学が大量に輸入され、その翻訳のエクリチュール（書きコトバ）において、heの訳語に「彼」が使われるようになりようやく、「彼」という存在は現代に使われる「彼」として定着し、その意味も規定されてきた（社会的言語＝ラングとして認識された）のですが、[*2] そもそも、私がいて、あなたがいて、もう一人別の誰かがその場に居合わせる状況さえあれば、そこにはそれ以前からずっと「彼」や「彼女」はいたはずなのです。けれども、その第三者を「彼」「彼女」とコトバによって区分けして初めて、その存在が規定された。裏返せば、「彼」「彼女」と呼ばれるまで、その第三者は存在しなかったという、つまり、そういうことです。

そうした論理を逆手にとって、コトバによって日々せっせと存在を作り出す人々の典型的な集合体を、フーコーは臨床医学の現場に認めます。「臨床医学の知とは、医学の言説の主体が行使できる観察、質問、解読、記録、そして決定の機能の総体である」（『知の考古学』中村雄二郎訳）。「階層秩序化された職にある人間」によって編み出される言説によって語られるものが存在を規定する。その規定された存在のトータルな領域がすなわち「知」です。もちろん臨床医学の現場だけでなく、私たちの日常生活そのものは、先の期末試験の監視システムではありませんが、監視者（大学当局）／被監視者（学生）という階層秩序のもとに言説が編み出され試験場という存在が規定されるように、多種多様な側面において「知」の支配を受けています。学生ばかりではありません。サラリーマンも会社から、無論私も職場から、そして日本国民である全ての人々も日本という国から、「知」の支配を受けています。こうした「知」をもって人々を管理するシステムの総体が、「権力」ということになります（もっともフーコーは、「知」を否定したわけではなく、「権力」から解き放たれた「知」の、そのメカニズムが切り開くであろう新たな可能性を模索し続けたのですが）。

とらえられ隔離される「私」

さて、冒頭の引用に戻りましょう。

「眠り」の主人公「私」はここで何を宣言しているのか。それは、フーコーの思想と照合すれば、「知」の拒絶に他なりません。「脳波」「心電図」「心理テスト」「検査」「仮説」といった言表によってかたちづくられる医学的言説によって確立される存在としての医療現場への進入が断固拒まれるのです。その代わりに「私」が選びとったのは、眠れない時間を有効に活用した、読書であり水泳です。

さんざん迷った末に、やはり泳ぎにいくことにした。うまく説明できないけれど、私は思いきり体を動かすことで、体の中から何かを追い出してしまいたいように感じたのだ。**追い出す**。でもいったい何を追い出すのだろう？　私はそれについて少し考えてみた。**何を追い出すのだ？**

「私」が『アンナ・カレーニナ』の続きを読むべきか、プールに行くべきかを迷う場面です。「私」にはわかっていないゴシックで書かれた「**追い出す**」が何を追い出すかは、もう明白になっています。病院の「知」を拒んだ「私」、それを拒んだ時点で、何も病院だけでなく、「私」がもはや無意識のうちに多くの「知」によって支配されていることを知る、あるいは感じるでしょう。暗示的ではありますが（「私」が不眠症に陥るきっかけとなった、「私」の足に水をかける黒い服を着た老人が現れる夢よりも、俄然暗示的です）、実は「私」の夫も歯科「医師」です。外食を嫌う彼は、昼になると診療所から家に戻って食事をします。

午後一番の患者がキャンセルしてきたんだ。だから一時半まで僕は暇なんだ。そう言って夫はにっこりした。

私はそれについてちょっと考えてみたが、どうしてそれがいい話なのか見当がつかなかった。

どうしてだろう？

それがセックスの誘いであることに私が気づいたのは、彼が立ち上がって私をベッドに誘ったときだった。でも私は全然そんな気にはなれなかった。


この背景には、「私」と一人の息子を含めた家族三人の生活を支えるにあたっての夫の「言説」が隠されています。職を持たない「私」、医療現場で言説を駆使する夫の家長としての「知」に服従せざるをえない「私」は、ここでその支配を拒みます。さらに、「家庭」という言説によって統御された「どれがどの日だったか区別がつかなくなってしま」うような「そういう人生の中に自分が含まれ、飲み込まれてしまっているという事実」「自分のつけた足跡が、それを認める暇もなく、あっというまに風に吹き払われていってしまうという事実」に「私」は「ただ単に驚いてしまうだけなのだ」が、「眠り」を失った「私」は、不眠を積極的に受け入れることによってその秩序的な生活行為への異議を唱え、そして、診断を拒むことによって高らかに「知」への反逆を宣言します。そんな「私」の未来はどこに向かうのか。眠れない「私」は、いくら反逆を試みても、医学的言表において「病気」です。「病気」は隔離されます。

もうとっくにおわかりかもしれません。でも、お静かに。

「隔離」とはもちろん、『監獄の誕生』でフーコーがペストやハンセン病患者について言及した「隔離」（「空間の区分」）です。それが、この物語の結末で明らかにされているのは言うまでもないでしょう。自ら（酒酔いで）車を走らせた「私」は、反逆を目論みつつも、結果的には世界から「隔離」され、【男たち】＝【階層秩序化された職にある人間が巣を張る「知」】に取り囲まれるのです。それは、権力としての「知」がヤワではないことを物語るとともに、『同性愛と生の美学』を著したフーコー自身も、治療法のない現代的な病に罹《かか》り、結局は医学的言説の内に身を委ねざるをえなかったことを暗示しているかのようでもあります。

どうでしょう。ここまでの対校上の符合を見ると、「眠り」の主人公が眠れない夜に読むのは『アンナ・カレーニナ』ですが、彼女の無意識はフーコーを読んでいたかのようです。テクストにはこんな一節もあります。

> 昔読んだときにはちっとも気がつかなかったけれど、考えてみればなんて奇妙な小説だろうと、私は思った。小説のヒロインであるアンナ・カレーニナが実に一一六ページまで一度も姿を見せないのだ。この時代の読者にとって、そういうのはとくに不自然なことではなかったのだろうか？　私はそのことについてしばらく考えをめぐらせてみた。オブロンスキーなんていうつまらない人物の生活の描写がえんえんとつづいても、彼らはそれにじっと耐えて、美しいヒロインの登場をじっと待っていたのだろうか。そうかもしれない。たぶんこの当時の人たちにはたっぷりと暇な時間があったのだろう。すくなくとも小説を読むような階層の人々にとっては。（傍点筆者）

これもまた、階層秩序化された職にある人間、ならびに彼らが紡ぎだそうとする「知」への反逆と思えてならないのは、私だけでしょうか。

「眠り」(『TVピープル』1990所収　初出「文学界」1989・11)

＊1　西洋人の概念の内にある「東洋」が、西洋人の目からみた「東洋的幻想」の集合体に他ならないことを問題提起したエドワード・サイード(一九三五〜二〇〇三)の代表的著作が『オリエンタリズム』です。

＊2　特定のグループ内だけで流通するコトバをロラン・バルトは「パロール」と定義しました。いっぽう、広く社会全体に流通するコトバが「ラング」です。たとえば「ウザい」というコトバをみなさんは今では日常的に使いますが、おそらく「うざる」から派生したであろうそのコトバは、最初は特定の集団内だけで使われるコトバであったはずです。それが広まり、やがてその集団に属す属さないにかかわらず不特定多数の人が使うようになったわけですが、その過程を「パロール」から「ラング」へのステップアップと考えることができます。口頭で流通する「パロール」に対して、文学テクスト上に流通するパロール(言わば、文学テク

スト上の方言）を、「エクリチュール」（書きコトバ）と呼びます。

5　呪縛からの解放――「パン屋襲撃」「パン屋再襲撃」

「じゃあこうしよう。君たちは好きなパンを食べていい。そのかわりワシは君たちを呪ってやる。それでいいかな」

「呪うって、どんな風に？」

「呪いはいつも不確かだ。バスの時刻表とは違う」


（「パン屋襲撃」）


「その呪いはもう消えてしまったのかしら？　あなたがた二人の上から？」

僕は灰皿の中の六個のプルリングを使ってブレスレットほどの大きさのアルミニウムの輪を作った。

「それは僕にもわからないな。世の中にはずいぶん沢山の呪いがあふれているみたいだし、何かまずいことが起ってもそれがどの呪いのせいなのか見きわめることはむずかしいもの」

（「パン屋再襲撃」）

ワグナーは労働？

「パン屋再襲撃」でパン屋を「再」襲撃することの前提となる、最初のパン屋襲撃事件が記された「パン屋襲撃」は、一九八一年の「早稲田文学」十月号に掲載され、同年、糸井重里との短篇競作集である『夢で会いましょう』にも「パン」として収録されています。またその十年後、『村上春樹全作品　1979〜1989〈8〉』（一九九一）には、再び「パン屋襲撃」として「パン屋再襲撃」とともに収録されています。もちろん、二作品を個々の独立したテクストとしてみなすことも可能です。しかし、それらに点在する空腹感／呪い／ワグナーといった共通のキイワードを考慮すれば、ふたつを「正編」「続編」として取り扱うことの方が、よりリーズナブルでしょう。

さて、両作品において腹を減らすのは、いずれも二人の人物です。そこから、パン屋を襲撃するという「共謀」が始まります。その空腹感は、「パン屋襲撃」においては、「まるで宇宙の空白をそのまま呑み込んでしまったよう」な「荘重なBGMつきの空腹の金字塔」であり、「パン屋再襲撃」においては、「『オズの魔法使い』にでてくる竜巻のように」巨大で、「理不尽と言っていいほどの圧倒的な空腹感」です。何故彼らの空腹は生じるか？「パン屋襲撃」の「僕」と「相棒」の空腹は「等価交換物」（つまり金）がないために食料品が欠如します。「パン屋再襲撃」の「僕」と「妻」は、結婚後二週間しか経ておらず、しかも共働きで、二人の間に「食生活に関する共同認識というもの」が「まだ明確に確立してはいなかった」ために、食物の買い置きが一切ないという状況を招きます。後者では、少なくとも等価交換物はあるわけですから、パン屋をあえて襲う強い動機はない。しかし、「僕」が「妻」に、十年前にパン屋を襲撃した経験があることを話してしまったがゆえに、その時の「呪い」を解くべきという「妻」の提案を「僕」は承諾し、二人して、近辺で真夜中に開いている唯一の「パン屋」、マクドナルドを襲うことになります。つまり、呪いを解消するために迎え酒的な荒療治を施すのです。

その「呪い」の実体とは、いったい何なのでしょうか？

ここで冒頭の引用に注目してみましょう。ふたつの引用だけを見れば、かつて「僕」はパンを食べることとの「等価交換」として、パン屋の主人に呪いをかけられ、その呪縛からの解放を果たすために、十年後に「妻」と再びパン屋を襲う決心を固めたかのように読めます。けれども引用では、二作品が連鎖しているようにみせかけようと、意図的に「パン屋襲撃」のこれに続くパン屋と「我々」とのやりとりを省略しています。覚えていますか？

「呪いはいつも不確かだ。バスの時刻表とは違う」

「おい待てよ」と相棒が口をはさんだ。「俺はいやだね、呪われたくなんかない。あっさり殺っちまおうぜ」

「待て待て」と主人は言った。「ワシは殺されたくない」

「俺は呪われたくない」と相棒。

「でも何かしらの交換が必要なんだ」と僕。

我々はしばらくつめきりをにらんだまま黙り込んでいた。

「どうだろう」主人が口を開いた。「君たちはワグナーが好きか？」

「いや」と僕が言った。

「いいや」と相棒が言った。

「好きになってくれたらパンを食べさせてあげよう」


そしてそれは、「暗黒大陸の宣教師みたいな話だったけれど」、「少なくとも呪われるよりはずっと良い」として、彼らはその提案にすぐに乗ることになります。ちなみに、パン屋は「頭のはげた五十すぎの共産党員」であり、その記述が二人がパン屋に向かう場面に出てくることから、彼らはパン屋に関する知識を事前に得ていたことになります。「パン屋を襲うことと共産党員を襲うことに我々は興奮し、そしてそれが同時に行われることにヒットラー・ユーゲント的な感動を覚えていた」と少々穏やかではありませんが、いざ店のカウンターに行くとそこには「はげたかの爪でも切れそうな」巨大なつめきりが置かれており、その「おそらく何かの冗談のために作られた」かのようなオブジェが二人の闘争心を早くも削いでいき、最終的に彼らは、「強奪」ではなく「交換」という手段を選択します。

「パン屋襲撃」においては、店主の提案を受け入れた二人はその場で「腹いっぱいパンを食べ」、二時間後に満足して別れますが、いっぽう「パン屋再襲撃」では、「店にあったパンのあらかたをバッグに放りこんで持ちかえり、四日か五日それを食べつづけ」る。夫婦はこう会話します。

「もちろんパンを手に入れるという所期の目的は達せられたわけだけれど」と僕はつづけた。「それはどう考えても犯罪と呼べる代物じゃなかった。それはいわば交換だったんだ。我々はワグナーを聴き、そのかわりにパンを手に入れたわけだからね。法律的に見れば商取引のようなものさ」

「でもワグナーを聴くことは労働ではない」と妻は言った。

「その通り」と僕は言った。

その後、「僕」の話は発展し、「我々は腹いっぱいパンを食べることができた。にもかかわらず、そこに何か重大な間違いが存在していると我々は感じ」、それがやがて二人に暗い影を落とし、「呪い」へと姿を変えていきます。すなわち、彼らはパン屋から直接呪いをかけられるのを回避したものの、結果的には、「交換」を選んだことによって呪縛された、ということになります。

ワグナーを聴くことは確かに労働ではないでしょう。「もしパン屋の主人がそのとき我々に皿を洗うことやウィンドウを磨くことを要求していたら、我々はそれを断乎拒否し、あっさりパンを強奪していただろう」と「僕」は回顧します。「交換」を選択した彼らには、そもそも「交換」の意志などなかったことは明らかです。

テクストに刻まれた歴史観

ところで、本編の「パン屋襲撃」が発表されたのは一九八一年です。さらに、物語の背景にある時代を考えてみると、「神もマルクスもジョン・レノンも、みんな死んだ」とありますから、少なくとも一九八〇年（十二月八日）以降ということになります。また、二人は空腹のあまりに「ひまわりの葉っぱを食べてみた」ともあり、ジョン・レノンが死んで以降の、季節は夏であると考えられます。最も早くて一九八一年の夏。未来小説の可能性も無論ありますが、発表時期を思えば、書かれた時期と物語の背景となっている時代がほぼ重なっていると見るのが妥当でしょう。その一九八一年の夏（六月）には、中国共産党第十一期六中全会で文化大革命が完全否定されています。プロレタリア革命の落日という歴史的瞬間です。作品の発表時期と物語内の季節に最も近いその出来事が、マルクスの死、共産党員が店主のパン屋襲撃に対する二人の若者の高揚感として、テクストに色濃く刻印されているのは否定しがたい。言葉を換えれば、「パン屋襲撃」のテクストはその当時の歴史によって織りこまれているのです。

マルクス（主義）が死に、共産党員が略奪の憂き目にあい、「Ｌｏｖｅ＆Ｐｅａｃｅ」の象徴であったジョン・レノンもまた殺害される。一時代を飾ったイコンがことごとく色褪せていくそのいっぽうで、この作品の中では生き続けているものがあります。

「僕」は言います。「何故我々が等価交換物を持ちあわせていないのか？　おそらく我々に想像力が不足しているからである。いや、空腹感はダイレクトに想像力の不足に起因しているのかもしれない」。「空腹感が我々をして悪に走らせるのではなく、悪が空腹感をして我々に走らせるのである。なんだかよくわからないけど実存主義みたいだ」。作品のテクストが時代背景を映しこんでいるという前提に立てば、ここでもうひとつ、ジョン・レノンの死に八ヵ月先立つ一九八〇年四月には、サルトルが死んでいます。が、テクストはその死については触れないのです。触れないばかりか、共産主義や「Ｌｏｖｅ＆Ｐｅａｃｅ」といった感性的なキイワード、あるいは神という観念的存在を過去のものとして葬り去ろうとするかたわら、実存主義は、「実存主義みたいだ」と、なぜだかよくわからないけど生きています。サルトルが死ぬ以前に、サルトルも実存主義も死していたのは言うまでもありません。そして、未開民族の「知」の在りようをもとに、サルトルと実存主義とを先進民族的で特権階級的な世界観として一網打尽にしたのが、サルトルの二十日前に死んだロラン・バルトらとともに構造主義の中心を担ったレヴィ＝ストロースであることもまた言うまでもありません。加えて、若き日のレヴィ＝ストロースがマルクス主義の実践に勤しんだことも言うまでもないでしょう。したがって、実存主義に対抗する意味と、マルクスにくみするという意味と、その両面から、「パン屋襲撃」のテクストでは決してその名に言及がなされることはありませんが、レヴィ＝ストロースは死する側にポジショニングされているということになります。

覆される「もらったら返す」習慣

さて、「パン屋襲撃」において「我々」は、当初から「交換」する意思などまるでないままにパン屋を訪れます。それがすなわち「襲撃」、あるいは「略奪」です。本来は（対価をもって）「交換」されるべきものという良識の中に、彼らはパンの「価値」を認めています。つまり、「価値」が「交換」の根源なのではなく、「交換」（ならびにその継続性）が「価値」の根源であるという、レヴィ＝ストロースの文法が、物語冒頭ではひとまずなぞられます。そうでありながら二人は、「パン屋の主人がそのとき我々に皿を洗うことやウィンドウを磨くことを要求していたら、我々はそれを断乎拒否し」ていたと、「交換」を否定することによって一時的に「パン屋襲撃」の価値を取り下げ、「略奪」を正当化するのです。

ところが、いざ略奪しようという段になって、彼らはパン屋の店主の「交換」条件を呑みこみます。そこで再びパンがその交換可能性のうちに、彼らにとって「価値」を帯びはじめる。しかし、彼らがその「価値」の代価として支払ったものは、ワグナーを聴くという行為です。彼ら自身の行為の提供でありながら、果たしてそれは、「腹いっぱいパンを食べ」ることとの間に、交換の可能性を見出すでしょうか。否、それは明らかに交換価値としての計量が不可能な代物なのです。計量できないことは、二人に対して「交易」とその継続を動機づけ、それが、物語の最後の「明日は『タンホイザー』を聴こう」というパン屋の主人の提案へと導かれます。また、見方を変えると、彼らの能動性を頼りにする「聴く」という行為は、いったん彼らの受動性へと焦点化すれば「聴かされる」行為となり、その観点に立てば、二人はパンと音楽とを、パン屋の店主から一方的に贈与されることになります。「明日は『タンホイザー』を聴こう」という店主の提案に対して返答をしない二人の姿勢（交易の拒否）、一方的贈与に対する無返礼、そのいずれからも、「パン屋襲撃」においてレヴィ＝ストロースは否定されます。かたや、不義理が一方的享受をして彼らを走らせる、という実存主義的な思想は生き続けます。

そうした不義理が、「パン屋再襲撃」に至ると、呪縛になっていったことは容易に想像できます。なぜなら、「パン屋再襲撃」の「僕」は、もはや想像力の不足にあえいでいない（身を切って実存的になれるほどには、想像力が欠如していない）。想像力は、もちろん、「僕」が等価交換物を入手することによって獲得されています。それは、「僕」がいまや「交易」を行っていることをも同時に意味します。

「どうしてそんなことをしたの？　何故働かなかったの？　少しアルバイトをすればパンを手に入れるくらいのことはできたはずでしょ？　どう考えてもその方が簡単だわ。パン屋を襲ったりするよりはね」

「働きたくなんてなかったからさ」と僕は言った。「それはもう、実にはっきりとしていたんだ」

「でも今はこうしてちゃんと働いているじゃない?」と妻は言った。

それに対して「僕」は、「時代が変れば空気も変るし、人の考え方も変る」と応えます。この時点で「等価交換物」を確保し「交易」(経済活動)を行っている「僕」にとって、考えられうる呪縛からの解放の手段は、一方的な贈与への「返礼」のはずです。にもかかわらず「僕」は、解放を求めて妻とともにパン屋「再」襲撃に向かう。ここでもやはり、レヴィ＝ストロースが確かな意志をもって排除されているかのようです。その名はまたもテクスト上には現れませんが、マルクスや、レヴィ＝ストロースらの構造主義者たちと「無意識下の制度」において通底するフロイトについて「僕」が、「もちろんジグムント・フロイトではないので、そのイメージが何を意味しているかを明確に分析することはできな」いという、思わせぶりなフレーズがあります。

いずれにしても二人は、迎え酒的療法を決行します。深夜に開いているパン屋を探し当てられず、彼らは、「マクドナルドはパン屋じゃない」とわかりつつも、マクドナルドを襲撃する。「パン屋襲撃」においては、「僕」と「相棒」の計画実行の決断を萎えさせるかのように、一人のオバサンが店内でもったいぶってパンを選んでいましたが、「再襲撃」では、「僕」と「妻」を邪魔する者はいません。店内には一組のカップル客がいるにはいますが、こんこんと眠り続けていて、強盗事件に気づく様子は微塵もない。けれども、最初の強奪から十年を経た「僕」はしきりに、「こんなことをする必要が本当にあるのかな」と繰り返し妻に言い、かつ自問するのです。

かつて、「僕」にとって「交換」を作動させる価値をもったパンは、いまや「僕」が等価交換物、パンの代価以上の交換可能物を持つことによって、逆に「僕」から、「交換」を作動させ「価値」を付加する動機を奪いとってしまっています。その象徴が「マクドナルド」というファースト（ジャンク）フードでもあります。「今はちゃんと働いている」かつての強奪計画者にとって、よりいっそうの「交換」性とそこにおける「価値」が認められるものは、物欲を刺激しないマクドナルドではない。食欲を満たすだけの大量消費物ではなく、入手することそれ自体に価値が見出せるものこそが、強い物欲の対象となります。

その意味において、「僕」は財貨を放蕩のために使いうるという立場にあり、それは限りない贈与と返礼とを継続せしめる根源でもあります。ここではじめて、レヴィ゠ストロースが「パン屋襲撃」という正編と、「パン屋再襲撃」という続編において、そのテクストの内部に肯定的に埋めこまれたようにも見えます。

しかしながら、貧乏で原初的な生活（略奪生活）を営んでいた当時の「僕」が実存的であり、逆に、安定した収入を得た「僕」が交換社会に積極的に関与しうるという構図はそれでも、特権的階級思想とレヴィ゠ストロースに糾弾されたサルトルへの、「僕」のオマージュとして映ります。そのオマージュはまた、初期村上作品とは切っても切り離せなかったテーマ、「アイデンティティの希求」(＝実存)との蜜月を織りなしているかのようです。

さて、最後にひとつだけ。

「パン屋襲撃」は、山川直人監督によって一九八二年に短篇映画化され、同監督によって翌年製作された「100%の女の子」(「四月のある晴れた朝に100パーセントの女の子に出会うことについて」)、これらに先行した大森一樹監督の「風の歌を聴け」、八八年の野村恵一監督「森の向こう側」(「土の中の彼女の小さな犬」)、そして二〇〇四年の市川準監督「トニー滝谷」とともに、数少ない「原作＝村上春樹」の映画作品です(そのうちの三作品には、「パン屋襲撃」での、「我々」の前でもったいぶってパンを選ぶオバサン役を含め、室井滋が出ています)。

その映画「パン屋襲撃」では、経費節約からか、セットではなく実際のパン屋がロケに使われています。パン屋のオヤジ役に当初不破哲三を想定し、「そのスジの人に当たってみた」というこの大胆不敵な監督は(もしかしたら不和哲三が若者たちにワグナーを聞かせる場面を私たちは見ることができたかもしれないのです)、町中でいきなりパン屋に飛び込み、撮影交渉をして、たまたま夏休みだからと許可を得ています。映画ではカウンターの後ろに「赤旗」のポスターが貼られている(それによって店主が共産党員であることが仄めかされる)、「モンパルノ」というロケに使われたそのパン屋は、西武新宿線の野方駅前にあったそうです。これまたひょんなところに、ハルキリーダーなら誰でも知っているキイワード、「野方」が出てきました。

「パン屋襲撃」（『村上春樹全作品　１９７９〜１９８９〈8〉』１９９１所収　初出「早稲田文学」１９８１・10）

「パン屋再襲撃」（『パン屋再襲撃』１９８６所収　初出「マリ・クレール」１９８５・8）

6　長篇小説の始動モーター①——「螢」

家具は極端なくらい簡潔で、がっしりとしたものだった。机と椅子が二つずつ、二段ベッド、ロッカーが二つ、それから作りつけの棚がある。大抵の部屋の棚にはトランジスタ・ラジオとヘア・ドライヤーと電気ポットとインスタント・コーヒーと砂糖とインスタント・ラーメンを作るための鍋と、食器が幾つか並んでいる。しっくいの壁には『プレイボーイ』の大版のピンナップが貼ってある。机の上の本立てには教科書と流行りの小説が何冊か並んでいる。

（「螢」）

家具はどれも極端なくらい簡潔でがっしりとしたものだった。机とベッドの他にはロッカーがふたつ、小さなコーヒー・テーブルがひとつ、それに作りつけの棚があった。どう好意的に見ても詩的な空間とは言えなかった。大抵の部屋の棚にはトランジスタ・ラジオとヘア・ドライヤーと電気ポットと電熱器とインスタント・コーヒーとティー・バッグと角砂糖とインスタント・ラーメンを作るための鍋と簡単な食器がいくつか並んでいる。しっくいの壁には「平凡パンチ」のピンナップか、どこかからはがしてきたポルノ映画のポスターが貼ってある。中には冗談で豚の交尾の写真を貼っているものもいたが、そういうのは例外中の例外で、殆んど部屋の壁に貼ってあるのは裸の女か若い女性歌手か女優の写真だった。机の上の本立てには教科書や辞書や小説なんかが並んでいた。

(『ノルウェイの森』)

「プレイボーイ」から「平凡パンチ」へ

短篇小説が長篇小説の一部として書き改められる時、そのテクストはどのように変化するのでしょうか、あるいは、どのように変化しないのでしょうか。

「僕は短編小説を、ひとつの実験の場として、あるいは可能性を試すための場として、使うことがあります。そこでいろんな新しいことや、ふと思いついたことを試してみて、それがうまく機能するか、発展性があるかどうかをたしかめてみるわけです。もし発展性があるとしたら、それは次の長編小説の出だしとして取り込まれたり、何らかのかたちで部分的に用いられたりすることになります。短編小説にはそういう役目がひとつあります。長編小説の始動モーターとしての役目を果たすわけです」。『若い読者のための短編小説案内』で村上春樹はそう語り、始動モーターが作動した作品として、「ねじまき鳥と火曜日の女たち」→『ねじまき鳥クロニクル』、「街と、その不確かな壁」[*1]→『世界の終りとハードボイルド・ワンダーランド』、そして「螢」→『ノルウェイの森』をあげています。この中では「螢」だけが、短篇のタイトルが、長篇のタイトルやその大枠での筋書きに直接的には連動しない作品です。いっぽう、「長編小説にはうまく収まりきらない題材を、短編小説に使うことがよくあ」る（出典同）、とも村上は言い、ハワイで買ったTシャツに「トニー・タキタニ」という名前がプリントしてあり、その人物に想像を巡らすことによって短篇小説「トニー滝谷」が生れたことを一例としています。つまり、「あらゆる現実的なマテリアル――そういうものがもしあればということだが――を大きな鍋にいっしょくたに放りこんで原形が認められなくなるまでに溶解し、しかるのちにそれを適当なかたちにちぎって使用する」（『回転木馬のデッド・ヒート』）という村上のフィクションに対する姿勢を前提とすれば、「現実的なマテリアル」の大小によって、作品が、長篇、短篇にそれぞれ振り分けられることになります。確かに、「トニー・タキタニ」と印字されたTシャツ、そういう小間物からは壮大な長篇小説は生まれづらいであろうし、また、現在の自分の人生を左右しているかもしれない過去の運命的な出来事や世界に対する価値観のような「現実的なマテリアル」を短篇に容れこもうとすれば、そこにはおのずと消化不良が生じるでしょう。

引用に戻りましょう。

冒頭に引いた箇所は、「螢」『ノルウェイの森』それぞれの同じ学生寮の部屋を描写した部分です。一見して、「螢」から『ノルウェイの森』へとテクストが増えている（約五割増し）になっているのがわかります。が、まずそれ以前に、私たちの注意を引く書き換えがあります。言うまでもなくそれは、「螢」（一九八三年初出）では寮の部屋に貼られているピンナップの出元が「プレイボーイ」とされていたものが、『ノルウェイの森』では「平凡パンチ」になっている、ということです。そこに文学テクストが不可抗力的に時代を取りこんでしまう、その証があるかのようです。

若い読者のためにあえてわき道に逸れますと、一九六〇年代から七〇年代にかけて、「プレイボーイ」（集英社）と「平凡パンチ」（平凡出版、現マガジンハウス）は、健全な生育過程にある子も含め、標準的な児童・生徒の、性欲望の寄る辺としてツートップを張っていました。私が小学生の頃には、高学年になるとクラスに必ず一人か二人、どこからか「プレイボーイ」か「平凡パンチ」を入手してきてトイレに男子学童を集める輩がいましたし、私自身も中学生時代には、雑誌が置かれている弁当屋で（当時はまだコンビニなんてありませんでした）、弁当の下に「プレイボーイ」を隠すようにして買い求め、支払いをする時には店の人間に何か言われないかとひどく緊張したのですが、いざ購入が「成功」すると、文字通り胸を弾ませて家まで帰った記憶があります。「平凡パンチ」の別冊には「Oh！」というのが確かあって、少々アダルト度の高いそちらにはさすがに手が震えましたが、それでも買いました。

けれども、そうしたツートップ体制は八〇年代半ばに脆《もろ》くも崩れ去ることになります。より過激な雑誌が世に溢れ返り、二誌のうち「平凡パンチ」が存続の危機に晒されます。そんな「平凡パンチ」に対して、「螢」と『ノルウェイの森』のちょうど中間の一九八五年に「プレイボーイ」が、「ぐわんばれ『平凡パンチ』！」という特集を組んだのはつとに知られています。ついでながら、その「プレイボーイ」一九八五年七月三〇日号のその他のグラビアや特集記事は、「巻頭TOP衝撃ヌード 小松みどり」（そう言えば、五月みどりの妹で、そんな人がいました。兄か弟は、中山律子と同時代のプロ・ボウラーだったはずです）であり、「熟してる女はスバラシイ 深野晴美」（誰なのかまるでわかりません。熟女なのでしょう）であり、「夢の球宴なんかやめちまえ!!」（いまだに続いています）であり、「ザ・ビートルズ不良少年物語」（「ノルウェイの森」のビートルズの不良性が書き立てられているようです。ロックの成り立ちを思えば、そもそも彼らが健全な育成過程を生きてきた、という方が衝撃的なのではないでしょうか）です。しかし、ライバル誌からのエールの甲斐もなく、「平凡パンチ」は『ノルウェイの森』から一年後の一九八八年にいったん休刊となり、三ヵ月後にはリニューアル復刊をしたものの、その後すぐにまた休刊となってしまいました。

では、『ノルウェイの森』におけるこの書き換えはいったい何を伝えるのでしょうか。もちろんそれを単なるテクストの気まぐれと見ることもできるでしょう。けれども、前後の文章を見れば明らかなように、「螢」から『ノルウェイの森』へと至ったそこには、語り手の細部へのこだわりが増強されています。部屋の家具からは椅子が消えていますが、コーヒー・テーブルが新たに加えられており、また、棚には電熱器とティー・バッグと「角」砂糖が増えています。本立てには辞書も置かれている。

それは、「平凡パンチ」もまた、こだわりであることを仄めかします。こだわりの源泉は、何でしょう。とりあえず、二つの可能性。

①「螢」の初出は「中央公論」であったが、『ノルウェイの森』の出版元は「音羽グループ」のドン講談社で、出版界二大勢力のもういっぽう「一ツ橋グループ」のドン集英社とは袂を分かつ関係にあった。

②「螢」では集英社の「プレイボーイ」と書いてしまったものの、よくよく考えれば、村上春樹はマガジンハウスの雑誌には寄稿が多かったが、集英社の雑誌にはそれほどでもなかったので、『ノルウェイの森』ではそれを改めた。

などというのは、無論余計な詮索かつ文学テクストを貶《おとし》める行為で、『ノルウェイの森』が書かれていたであろう時期に「平凡パンチ」の凋落《ちょうらく》が重なっていることは容易に想像されます。おそらく休刊はすでに時間の問題だったでしょう。「平凡パンチ」危うし、という情報は否応にも伝わってきたに違いありません。そこで、「螢」から『ノルウェイの森』へと移行する中で「プレイボーイ」が「平凡パンチ」にとって代わられたのは、その滅び行く誌名を文学のテクストに残し、留めるかのようです。少なくとも、『ノルウェイの森』のテクストは、そうした社会のノイズをこだわりをもって拾っているかのようです。

強化される男根性

さて、ところで、その、しっくいの壁に「平凡パンチ」のピンナップが貼ってある状況は、男子学生寮という男社会における男根性のイコンでもあります。ポリティカリー・コレクトネスが標榜されるいまどきは、そうしたリアルなものの代わりに、フィギュアや、そちら系のコンピューター・グラフィックが飾られているのかもしれませんが、当時を思えば、漁師の作業小屋や長距離トラックの運転台と同じような、女性を隷属化する男根性の磁場がそこにはあります。日本だけではありません。たとえば、アメリカ映画「エイリアン」(一九七九)で、主人公の女性リプリーが宇宙船の科学部長アッシュに襲われる場面でも、その船内の彼の個室に所狭しと「ハスラー」か「ペントハウス」か、そうした雑誌から切り抜かれたと思われるグラビアが貼られており、それらを、リプリーに突きつけられた男根的なイコンとして多くの論者が読みます。[*2] リプリーの口に、これまた「エロ雑誌」を筒状にして押しこもうとするアッシュと、その男の個室は、つまり男根そのもので、彼が駆けつけた別の船員に頭を叩き割られることに、俄かフェミニストたちは条件反射的に拍手喝采を送るのです。ところが頭を割られたアッシュは、実は「男性」ではなかった、そんなに甘くはないよ、というのがこの場面のオチでもあります。

『ノルウェイの森』にもそれと似た、一見、男子学生寮の男根性をはぐらかすような、「螢」にはなかったエピソードが挿入されています。

七月に誰かが彼のいないあいだにアムステルダムの運河の写真を外し、かわりにサンフランシスコのゴールデン・ゲート・ブリッジの写真を貼っていった。ゴールデン・ゲート・ブリッジを見ながらマスターベーションをできるのかどうか知りたいというただそれだけの理由からだった。すごく喜んでやってたぜと僕が適当なことを言うと、誰かがそれを今度は氷山の写真にとりかえた。写真が変るたびに突撃隊はひどく混乱した。

「いったい誰が、こ、こ、こんなことするんだろうね?」と彼は言った。

「さあね、でもいいじゃないか。どれも綺麗な写真だもの。誰がやってるにせよ、ありがたいことじゃない」と僕は慰めた。

「そりゃまあそうだけどさ、気持わるいよね」と彼は言った。

「螢」では呼称のなかった「僕」の寮室の同居人に、『ノルウェイの森』では「突撃隊」という名前が与えられ、国立大学で地理学を専攻し将来は国土地理院に入ることを目指すその彼は、綺麗好きで「僕の部屋は死体安置所のように清潔だった」。すなわち、他の部屋の住人がヌード・ピンナップを壁に貼るのに対し、風景写真を飾る「突撃隊」は男根性から遠くかけ離れています。「螢」のオリジナルのテクストはいくつかに分断されて『ノルウェイの森』の第二章と三章とに取りこまれていますが、右のこのくだりは、その分断の間に加えられたもののひとつです。「僕」は「彼女」にこのエピソードを話し、「彼女」は笑います。けれども「僕」は、「彼を笑い話のたねにするのはあまり気持の良いものではなかった」と回想します。「彼はただあまり裕福とはいえない家庭のいささか真面目すぎる三男坊にすぎなかったのだ。そして地図を作ることだけが彼のささやかな人生のささやかな夢なのだ」と。男子寮に溢れる男根性が萎えるようなセンチメンタルな物言いですが、ところで「僕」は、「マスターベーション」の話を確かに「彼女」にしているのです。

その「突撃隊」ばかりでなく、「螢」では名前のなかった人々に『ノルウェイの森』では新たにそれが与えられています。「僕」は「ワタナベ君」になり、「彼女」は「直子」になり、物語の底辺に在る「僕」と「直子」の高校時代の共通の「友人」は「キズキ」になっています。短篇小説とは異なり、展開上多くの人物が出入りする長篇小説では、彼らを人称代名詞で押し通すのは困難であることは容易に想像がつきます。そして、「螢」が分断された『ノルウェイの森』のその隙間には、「永沢さん」というニュー・フェイスも登場します。

「僕」よりも学年が二つ上で東大の法学部に通う「永沢さん」に「僕」は、「酔払ってある女の子に対しておそろしく意地悪くあたるのを目にして以来、この男にだけは何があっても心を許すまいと決心」するのですが、いっぽうで、ナメクジを三匹食べ、非常に大きいペニスを持ちこれまでに百人の女と寝た、という伝説と、それを可能にする魔力のある彼とともに、「僕」は女の子漁りにでかけるのです。

「今度俺とやりに行こうよ。大丈夫、すぐやれるから」

僕はそのとき彼の言葉をまったく信じなかったけれど、実際にやってみると本当に簡単だった。あまりに簡単すぎて気が抜けるくらいだった。

追って詳らかになりますが、「僕」は、このまさに男根性の権化であるかのような「永沢さん」のことも「直子」に話します。

直子は僕の生活のことを知りたいと言った。僕は大学のストのことを話し、それから永沢さんのことを話した。僕が直子に永沢さんの話をしたのはそれが初めてだった。彼の奇妙な人間性と独自の思考システムと偏ったモラリティーについて正確に説明するのは至難の業だったが、直子は最後には僕の言わんとすることをだいたい理解してくれた。僕は自分が彼と二人で女の子を漁りに行くことは伏せておいた。ただあの寮において親しくつきあっている唯一の男はこういうユニークな人物なのだと説明しただけだった。

「螢」から『ノルウェイの森』へと至る過程においては、このように男根性をめぐる記述や登場人物の配置がよりいっそう強化されています。それが「螢」のテクストの分断を呼びこみ、また細部における描写の増幅とともにテクストが大きく膨れ上がる動力ともなっています。短篇という始動モーターによって点火された新たな物語は、もはや原型を損ないながら違う方向に向かって突き進んでいくかのようです。そのあたりに、『ノルウェイの森』を「ポルノ小説」、あるいは、そのままずばり、ポリティカリーにコレクトではない「男根小説《マッチョ》」と見なすような傾向が顕れるのかもしれませんが、ここではあえてそれを「必要悪」という観点で読んでみます（通り一遍の「ポルノ小説」や「男根小説」だとしたら、なぜあれほど多くの女性読者がこの物語を受け入れたのか、疑問に思いませんか？）。

こうした男根性を表すイコンが「螢」に配置されなかったのは、シンプルにそれらが必要とされなかったからでしょう。言葉を換えれば、「螢」にはなかった、男子寮とは別の、別どころか、それに対立しさえするもういっぽうのコミュニティが、『ノルウェイの森』には設定されています。熱心なハルキリーダーならすぐにそのコミュニティに思い当たるでしょう。それは無論、「直子」が暮らす、京都の山の中にある療養所です。施設の名前は「阿美寮」。こちらも「寮」です。それが女性寮だという断りはありませんが、「直子」はひとつの部屋で「石田先生」という女性と共に暮らしています。「石田先生」は、「僕」の目の前で「胸のポケットからセブンスターをとりだして唇にくわえ、ライターで火をつけてうまそうに煙を吹きだ」すような男性っぽい中年の女性で、その振る舞いを見ると、まさに「エイリアン」のリプリー（シガニー・ウィーバー）と重なるようなところがあります（リプリーは確か煙草を吸わなかったように思いますが、あくまでも、男に助けてもらおうなんて思わない、そんな風情がひしひしと伝わってくるという意味です）。

「僕」が、誰もが部屋に「プレイボーイ」や「平凡パンチ」のピンナップ写真を貼りつけ、委細かまわず女漁りをする「永沢さん」がいるような男子寮にいるのに対し、「直子」はその対岸とも言える、女性ふたりだけの静かな生活を営みます。「突撃隊」の素朴で潔癖な性格は、男子寮のひたすらマッチョな空気を緩めるようでいて、その実、他の住人とのコントラストにより却って寮全体の男根性を強めます。それは、「阿美寮」における男性的な気質の「石田先生」の存在と鏡面の表裏をなし、つまり「石田先生」もまた、その担わされた役割において女性社会（女性だけの社会）の環を、たとえば宝塚歌劇団のインナー・コミュニティのそれに見るように、通俗的に強化します。

彼岸の、強固なコミュニティ

その上で、「僕」と「直子」の間に何が起こるのでしょうか？

「直子」が京都に行く前に、「螢」でも『ノルウェイの森』でも、「僕」と「直子」は寝ています。しかし、「直子」が「阿美寮」に入った時には、「私と寝たい？」という「直子」の問いかけに「もちろん」と答える「僕」は、「きちんとして、あなたの趣味にふさわしい人間になりたいのよ。それまで待ってくれる？」とその欲望を抑えこまれます。そして、共に「寝る」代わりに、「僕」は「直子」の指によって一時的にその欲望を吐き出されるのです。ここには、男根性に埋もれる男子寮の住人が、女性だけのコミュニティに制圧されるという図式が隠されています。否、その図式、男根性《マッチョ》による女性制圧の不能を白日の下にさらけ出すためにこそ、「螢」にはなかったイコンが『ノルウェイの森』に意図的に埋めこまれているかのようです。その意味で、『ノルウェイの森』の前半の最後に置かれたこのエピソードは、そこまでの物語の進展においては少なくとも、「螢」にあえて男根性の火を灯したうえで、その火に導かれながら「螢」の延長線上を、『ノルウェイの森』が辿ってきたことを標しているのです。

最後に、ところで。

「石田先生」というのは、もしかしたらムラカミ・リーダーにとって聞きなれない名前かもしれません。そこで、「僕」と「石田先生」の間にはこんなやりとりがあったのを、覚えていますか?

「私、胃が小さいから少ししか入らないの。だからごはんの足りないぶんは煙草吸って埋めあわせてんの」彼女はそう言ってまたセブンスターをくわえて火をつけた。「そうだ、私のことレイコさんって呼んでね。みんなそう呼んでるから」

僕が少ししか手をつけていない彼女のポテトシチューを食べパンをかじっている姿をレイコさんは物珍しそうに眺めていた。

「あなたは直子の担当のお医者さんなんですか?」と僕は彼女に訊いてみた。

「私が医者?」と彼女はびっくりしたように顔をぎゅっとしかめて言った。「なんで私が医者なのよ?」

「だって石田先生に会えって言われてきたから」

「ああ、それね。うん、私ね、ここで音楽の先生してるのよ。だから私のこと先生って呼ぶ人もいるの。でも本当は私も患者なの」

「私も患者なの」は、「僕」に向かっての、「直子」と「レイコさん」が同じコミュニティにいることの宣誓でもあります。

「螢」（『螢・納屋を焼く・その他の短編』1984所収　初出「中央公論」1983・1）

＊1　「文学界」一九八〇年九月号に掲載された『世界の終りとハードボイルド・ワンダーランド』の前身とも言える短篇です。『世界の終りとハードボイルド・ワンダーランド』とは結末が異なるせいか、単行本には収録されていません。

＊2　難波江和英・内田樹『現代思想のパフォーマンス』（光文社新書）Ｐ142を参照。

7　長篇小説の始動モーター②——「ねじまき鳥と火曜日の女たち」

「その女から電話がかかってきたとき、僕は台所に立ってスパゲティーをゆでているところだった」

という一行から短編小説を書き始めたことがあります（カーヴァーの前記の文章に似ていますが、それはあくまで偶然の一致です）。それ以外に僕の中にはとくに何のアイデアもありませんでした。ただの一行の文章です。一人でお昼にスパゲティーを茹でているときに電話のベルが鳴る、というイメージが頭にふと浮かびます。それは誰からの電話だろう？　彼は茹でかけのスパゲティーをどうするのだろう？　そういう疑問が生まれます。そういう疑問を招集して、ひとつの物語に換えていくわけです。それは『ねじまき鳥と火曜日の女たち』という短編小説になりました。

（中略）

その短編を書き上げて、雑誌に発表して、単行本に収録して、五年ばかり経過してから、僕はその短編『ねじまき鳥と火曜日の女たち』をもとにして長編小説を書き始めました。時間が経過するにつれ、その物語には、短編小説という容れ物には収まりきらない大きな可能性が潜んでいるのではないかと、強く感じるようになったからです。（中略）それは『ねじまき鳥クロニクル』という作品として結実しました。（中略）考えてみれば、「その女から電話がかかってきたとき、僕は台所に立ってスパゲティーをゆでているところだった」という一見なんでもない一行から、思いもかけずそのような大柄な作品が生まれることになったのです。

（『若い読者のための短編小説案内』）

最初の一行へのこだわり

今回のポイントは、右の引用で村上春樹自身がそう語るように、「書き出しの一行」です。「螢」とは逆に、「ねじまき鳥と火曜日の女たち」のテクストは、『ねじまき鳥クロニクル』の冒頭にいくらかその分量を削ぎ落とされながらも、ほぼ原型を留めつつ再現されています。そうした中、両者の間の決定的な相違点は、近所の家に行方不明になった猫（その名は、「ねじまき鳥と火曜日の女たち」では〈ワタナベ・ノボル〉であり、『ねじまき鳥クロニクル』では〈ワタヤ・ノボル〉である）を主人公の「僕」が探しに行き、結局見つけられずに帰宅すると、妻が「僕」に向かって、「ねじまき鳥と火曜日の女たち」では「あなたが殺したのよ」と言うのに対し、『ねじまき鳥クロニクル』では「僕」（オカダ・トオル）の妻・クミコは「あなたはあの猫をみつけようとなんかしてないのよ。だから猫はみつからないのよ」と、少なくとも「僕」の殺意については言及されない点、それともうひとつ、言うまでもなく、「書き出しの一行」です。

その女から電話がかかってきたとき、僕は台所に立ってスパゲティーをゆでているところだった。

（「ねじまき鳥と火曜日の女たち」）

台所でスパゲティーをゆでているときに、電話がかかってきた。

（『ねじまき鳥クロニクル』）

「ねじまき鳥と火曜日の女たち」の書き出しの一文は、女からの電話が第一次的であり、「僕」がスパゲティーをゆでる行為は副次的です。いっぽう、『ねじまき鳥クロニクル』においては、その主従関係が逆転しています。つまり、文章に主語を補えば、「僕が台所でスパゲティーをゆでているときに、電話がかかってきた」となり、「僕」の行動が主の位置になっている。実は、「ねじまき鳥と火曜日の女たち」が収録された『パン屋再襲撃』には、もう一編、似たような書き出しを持つ作品があります。

電話のベルが鳴ったとき、時計は二時三十六分を指していた。たぶん彼女だろうと――つまり眼かくしの好きな僕のガール・フレンドだろうと――と僕は思った。

覚えていますか？「ローマ帝国の崩壊・一八八一年のインディアン蜂起・ヒットラーのポーランド侵入・そして強風世界」のうち、「(2) 一八八一年のインディアン蜂起」はそのように書き出されます。これら三つを見比べると、村上春樹の文章にはあるクセがあるのがわかります。

その前に、そう言えば。

「一八八一年のインディアン蜂起」というタイトルをあらためて仔細に眺めてみると、その一八八一年に起こったであろうインディアン（政治的に正しい言葉を使えば、ネイティヴ・アメリカン）の蜂起、その史実とはいったい何だったのかが気になってきます。そこで、インターネットであれこれ検索してみると、その年にはアパッチ族が大規模な蜂起をしていることがわかります。また、英訳版では'*The 1881 Indian Uprising*'と翻訳されるこのタイトルは、どうにもアメリカのポストモダン作家ドナルド・バーセルミの代表的短篇'*The Indian Uprising*'を連想させます。現代の都市をコマンチ族が襲うというその奇想天外なストーリーと「一八八一年のインディアン蜂起」とには、明らかな間テクスト性は認められませんが、一般的には、一八八一年のアパッチ族の「蜂起」は［uprising］ではなく

[outbreak] とされており、村上の作品が翻訳される際には、関係者のうち誰かの頭にバーセルミの世界的名作の影がちらついていたのかもしれない。そしてもうひとつ。

「一八八一年のインディアン蜂起」には、「彼らは開拓小屋を焼き、通信線を切り、キャンディス・バーゲンを犯していた」という一節があります。キャンディス・バーゲンを犯す？　そう思ってまた調べてみると、彼女の代表的な主演映画に「ソルジャー・ブルー」（一九七〇）というインディアンものがあります。映画のあらすじを読んでみると、私はかつて確かにこの映画を観た覚えがあります（たぶん、七〇年代にアメリカの映画館で観ました）。キャンディス・バーゲンは無論白人役ですが、インディアンにくみする側にいたはずです。はて。襲われる場面があっただろうか？　が、どちらにしても、この映画で騎兵隊が迫害にかかる相手はシャイアン族であり（キャンディス・バーゲン寄りにつく騎兵隊員役のピーター・ストラウスが、最後に手錠で馬車に繋がれながらキャンディス・バーゲンに微笑みかけるシーンは今でも鮮明に記憶に残っています）、インディアンの部族だけで言えば、この三つはことごとく連動しません。「一八八一年のインディアン蜂起」のテクストが、意識してこれらを入り乱れさせているのか、はたまたただの戯れにすぎないのか、いずれにせよここは閑話休題なので、これ以上の追求はよしておきましょう。

ショートカットを嫌う語り手

さて、村上春樹の語り手たちは省略をしたがりません。彼らは、

【台所でスパゲティーをゆでていると電話がかかってきた。】
【二時三十六分に電話が鳴った。】
あるいは、
【女から電話がかかってきた。台所に立ってスパゲティーをゆでているところだった。】
【電話が鳴った。二時三十六分だった。】
とは言わずに、
【台所でスパゲティーをゆでているときに、電話がかかってきた。】(【その女から電話がかかってきたとき、僕は台所に立ってスパゲティーをゆでているところだった。】)
【電話のベルが鳴ったとき、時計は二時三十六分を指していた。】
と言うのです。これをたとえば太宰治の書き出しと比べてみると、その違いが浮き彫りになります。

死なうと思つてゐた。ことしの正月、よそから着物を一反もらつた。お年玉としてである。着物の布地は麻であつた。鼠色のこまかい縞目が織りこめられてゐた。これは夏に着る着物であらう。夏まで生きてゐやうと思った。

(『晩年』「葉」)

太宰の文章には主語や接続語(接続詞)が、これみよがしに省略されています。現代日本語の中に生きる私たちからすれば、むず痒くなると言うか、否、それどころか、喉もとから怒ったエイリアンが飛び出してきそうな文章でさえあります。読み手は、ひとつひとつの文章、それに、文章間にさまざまな言葉を埋め合わせる重労働を強いられます。無論それにぬかづく真摯な読み手もおおぜいいるでしょう。いっぽう、この冒頭だけでキレてしまう若い読者だって、おおぜい、いるかもしれません。もうひとつ。

禅智内供の鼻といえば、池の尾でそれを知らない者はいない。なぜならその長さは五、六寸あって、上唇の上から顎の下まで下っている。

もちろん、芥川龍之介「鼻」の書き出しです。が、実は、これは間違い。どこが間違っているか、わかりますか？

禅智内供の鼻といえば、池の尾で知らない者はない。長さは五六寸あって上唇の上から顎の下まで下っている。

というのが、「原文ママ」になります。けれども、先行した引用のように覚えこんでいる人も、おおぜい、いるのではないでしょうか。読む時に埋め合わせ労働を強いられるのだから、その代価として、誤って暗誦しても誰からも咎められるいわれはない、と思う人も、おおぜい、いるかもしれません。

芥川や太宰の時代には、明治期以降わが国に大量に流入した外国文学の翻訳調の文体、そのエクリチュール（書きコトバ）が、すでに社会的言語（ラング）と化す過程にあったことは、時代を考えれば容易に想像がつきます。彼らは、あえてその流れに逆らうかのように、伝統的な日本語のエクリチュールを駆使していますが、思い切りよく言ってしまえば、残念ながら、主語や接続語を尊重し、「彼」や「彼女」という三人称代名詞を定着させた翻訳文体は、いまや、すっかり日本語のラングとして普及しているので、そうした太宰や芥川の統語法は、彼らの遺されたテクスト上にのみ、その向きの方言（エクリチュール）として、残滓を留めるのです。[*1]

かたや、村上春樹の文章は、主語や、「とき」（when）といった接続語が省略されない、現代的な日本語の統語法の中にあると言うことができます。その傾向は、冒頭だけを見てみても、他の作品にも共通します。

　双子とわかれて半年ほど経った頃に、僕は彼女たちの姿を写真雑誌で見かけた。

（「双子と沈んだ大陸」）

　そういうのは世の中にはよくある例なのかもしれないけれど、僕は妹の婚約者がそもそもの最初からあまり好きになれなかった。
（「ファミリー・アフェア」）

いずれも、「僕」という主語が省略されず、また［when］や［though］［but］などの接続語（接続詞）の存在がはっきりと認められます。

さらにもうひとつの特徴は、つぎのような書き出しです。

TVピープルが僕の部屋にやってきたのは日曜日の夕方だった。
（「TVピープル」）

「日曜日の夕方に僕の部屋にTVピープルがやってきた」とは言わないそこには、「ねじまき鳥と火曜日の女たち」や「一八八一年のインディアン蜂起」と同じ手法が使われています。すなわち、「TVピープル」「その女」「電話のベル」という、「謎」めいた言葉がどれも文頭に置かれるのです。物語における語り手と読み手の標準的な役割、と言うか物語の文法を考えれば、語り手は読み手に向けて何らかの「謎」を差し出し、読み手はその「謎」に引きつけられ、しかし語り手はその「謎」の提示を遅らせることによって、そこに発生した磁場を持続させようとします。いったん語り始められた物語は、その瞬間から結末に向かって怒濤の歩みを開始します。つまり、冒頭とは結末の始まりでもある。そのまさに「始動モーター」のイグニション・キイに指先が触れる位置に、村上春樹の作品では、最も重大な「謎」、暗示的な言葉がポンと配されます。それは、細やかな描写からゆっくりと物語を始動させる、いわば芥川賞狙い的な定型文章をあざ笑うかのようでもあり（同類を強いてあげれば、「山椒魚は悲しんだ」という井伏鱒二の書き出しが思い出されます）、「あらゆる虚構の物語は必然的・宿命的に速度を要請するのだ」というウンベルト・エーコの言葉（『エーコの文学講義』和田忠彦訳）をしっかり噛みしめているかのようでもあります。

国境の長いトンネルを抜けると雪国であった。夜の底が白くなった。

という、言わずと知れた川端康成の『雪国』の書き出しを、村上春樹ならこう始めるかもしれません。

夜の底は僕が乗った列車が国境の長いトンネルを抜けると白くなった。

まさにそれが「書き出しの一行」です。その書き出しによって、追随する（結末に向かって突き進む）物語本体のアウトプットが、大きく異なることは見てとれるでしょう。後者の書き出しでは、その後、「芸者の駒子」などという人物が現れる余地はないかのようです。また、たとえば、夜の底は僕がその街の壁をくぐると白くなった。

といった書き出しにすると、なにやらこの後には、村上の「街と、その不確かな壁」のような物語が追従しそうです（実際には、「街と、その不確かな壁」は、「語るべきものはあまりに多く、語り得るものはあまりに少ない」と書き出されるのですが）。

さて、そこでいまいちど、「ねじまき鳥と火曜日の女たち」と『ねじまき鳥クロニクル』の書き出しに戻りましょう。

その女から電話がかかってきたとき、僕は台所に立ってスパゲティーをゆでているところだった。

台所でスパゲティーをゆでているときに、電話がかかってきた。

日常というイグニションと非日常というイグニション

こうしてあらためて見てみると、まるで異なる入りかたです。「螢」が『ノルウェイの森』へと転じた際には、「僕は三十七歳で、そのときボーイング747のシートに座っていた」で始まる新たな一章が加えられているために、「螢」は『ノルウェイの森』の冒頭には引かれていません。しかし、「ねじまき鳥と火曜日の女たち」と『ねじまき鳥クロニクル』は冒頭のエピソードが共通しており、それを額面どおりに短篇小説と長篇小説の書き出しの違いとして比較することができます。

一見して、「台所でスパゲティーをゆでているときに」という日常的で長閑な書き出しをもって始まる『ねじまき鳥クロニクル』では、少なくとも冒頭のこの箇所においては、〈それが長篇小説であるがゆえに〉物語の速度が強く要請されていないのがわかります。それに対して「その女から電話がかかってきたとき」という「ねじまき鳥と火曜日の女たち」の書き出しは、そこにすでに、「TVピープルが僕の部屋にやってきた」と同様の非日常性が差し出されており、イグニション・キイを回した途端に〈それが短篇小説であるがゆえに〉長篇小説とは異なる性急な結末志向が点火され、いきなり物語が加速しはじめるかのようです。いっぽう読み手の側に立てば、進行速度を要請されない物語は読む速度を速め、それを要請する物語は逆に読む速度を遅くする——『ねじまき鳥クロニクル』の書き出しにつかえがないのに対し、「ねじまき鳥と火曜日の女たち」では、「その女から電話がかかってきたとき」という意味深な書き出しに、読み手は早くも立ち止まってしまう。短篇小説は短いぶんだけゆっくり読みましょう、長篇小説は長いぶんだけさっさと読みましょう、そんな不文律を、それらふたつのテクストは模範的に実践しているかのようです。いずれにせよ、そうした「速度」の両義性において、「『その女から電話がかかってきたとき、僕は台所に立ってスパゲティーをゆでているところだった』という一見なんでもない一行から」生まれることになったふたつの作品は、冒頭の一行ですでに袂を分かちます。

「電話のベルが鳴ったとき、彼は掃除機をかけているところだった」

という文章から、彼はひとつの物語を開始します。彼がこの物語を書き始めたとき、彼の頭の中にはこの文章ひとつしかなかったということです。しかし彼の中には、この一行から物語がうまく始まっていくという確信のようなものがあったわけです。手応えがあった。（中略）僕にもその感覚はよくわかります。（中略）独特の重みを含んだ感覚です。そしてその「重み」があれば、そこから物語はほとんど自然に、自発的に展開していくのです。

（『若い読者のための短編小説案内』）

「彼」とは、レイモンド・カーヴァーのことで、「カーヴァーの前記の文章に似ていますが、それはあくまで偶然の一致です」という、本論の冒頭の引用に先行する部分ですが、「そこから物語はほとんど自然に、自発的に展開していくのです」と言及されるがごとく、「ねじまき鳥と火曜日の女たち」と『ねじまき鳥クロニクル』のその後に続く物語は、あたかも、あらかじめ構想されていたものではなく、冒頭の違いに左右されるかのように、異なる方向へと自発的に展開していきます。つまり、非日常的な世界から始動した「ねじまき鳥と火曜日の女たち」の「僕」は、その緊迫感のある冒頭のために必然的に、妻に、猫を「あなたが殺したのよ」と言われ、日常的世界から始動した『ねじまき鳥クロニクル』の「僕」は、その長閑な冒頭により、「あなたはあの猫をみつけようとなんかしてないのよ。だから猫はみつからないのよ」と言われるにとどまる、かのようです。

「ねじまき鳥と火曜日の女たち」（『パン屋再襲撃』1986所収　初出「マリ・クレール」1985・8）

＊1　第4章後注＊2を参照。

8　足された「、」——「めくらやなぎと、眠る女」

背筋をまっすぐのばして目を閉じると、風のにおいがした。まるで果実のようなふくらみを持った風だった。そこにはざらりとした果皮があり、果肉のぬめりがあり、種子のつぶだちがあった。果肉が空中で砕けると、種子はやわらかな散弾となって、僕の裸の腕にのめりこんだ。そしてそのあとに微かな痛みが残った。

風についてそんなふうに感じたのは久しぶりだった。

（「めくらやなぎと眠る女」）

目を閉じると、風の匂いがした。果実のようなふくらみを持った五月の風だ。そこにはざらりとした果皮があり、果肉のぬめりがあり、種子の粒だちがあった。果肉が空中で砕けると、種子は柔らかな散弾となって、僕の裸の腕にのめりこんだ。微かな痛みだけがあとに残った。
「ねえ、今何時?」、いとこが僕に尋ねた。

（「めくらやなぎと、眠る女」）

第一過去と第二過去の蜜月

「めくらやなぎと、眠る女」のオリジナルバージョン「めくらやなぎと眠る女」は、一九八三年の「文學界」十二月号に発表され、『螢・納屋を焼く・その他の短編』（一九八四）に収録されています。「九五年の夏にたまたま神戸と芦屋で朗読会を催す機会があり、そのときにどうしてもこの作品を読みたいと思ったので（この作品はその地域を念頭に置いて書かれたものだからです）、大きく改訂してみることにしました」（『レキシントンの幽霊』所収「めくらやなぎのためのイントロダクション」）と村上春樹は言い、オリジナル版から十二年後に、約半分の分量に「ダイエット」され発表されたのが、「区別するために、便宜的に」「、」が加えられた「めくらやなぎと、眠る女」です。米国クノッフ社から二〇〇六年九月に初刷七万五千部で出版された村上の英訳版短篇集にも、*'Blind Willow, Sleeping Woman'*（こちらも［and］ではなく、［,］）のタイトルで表題作として収録されています（同短篇集の英国セッカー社版ペーパーバックには、「ポスト・モダン的カフカ」「文学のデイヴィッド・リンチ」という、「タイムズ」紙に掲載された物々しい村上への賛辞が表紙にプリントされています。それにしても、欧米のメディアは、とかくある人物を別の高名な人物にたとえたがります）。

冒頭の「めくらやなぎと眠る女」の引用部分のその後は、『螢・納屋を焼く・その他の短編』に収録されたテクストを元にすれば、「ねえ、いま何時？」と、「いとこ」が「僕」に訊くまでに八行が費やされています。その間に「僕」は「いとこ」に、「この傾斜地を吹き抜けていく豊満な初夏の風について」説明しようと思うものの、「結局はあきらめた」。なぜなら「いとこ」は「まだ十四歳で、この土地を離れたことは一度もなかった。失った経験のない人間に向って、失われたものの説明をすることは不可能だ」からです。つまり、オリジナル版の「めくらやなぎと眠る女」では、二人はバスが到着するのを待ち、そのかたわら（バスを待ちながら）、「僕」は過去に思いをめぐらし、「いとこ」にどう接するかを考えるのですが、そのぶんだけ「めくらやなぎと、眠る女」に比べて物語の進行が遅延します。いっぽうで、物語内の時間は、結局「僕」はそれを「いとこ」に伝えなかったわけですから、「めくらやなぎと眠る女」も「めくらやなぎと、眠る女」も、ほぼ同じ長さ（バスを待つ時間）がこの間に刻まれていると考えられます。

ところが。

ここで私たちは、この作品のタイトルが「めくらやなぎと眠る女」であることに注意を払うでしょう。

「めくらやなぎと眠る女」でも「めくらやなぎと、眠る女」でも、語り手「僕」は、「語る現在」の地点から過去を回想しています。これは物語のごく一般的な手法、後説法です。そこでは、言わば

「第一過去」として、「僕」が「いとこ」とともに、彼の難聴の治療のためにバスに乗って病院に向かうという筋書きが設定されています。その過去の物語において、「僕」は、さらにそれ以前の過去にあった出来事を追想します。「僕」が、かつて（十七歳の頃）同じ土地で、友人とともにオートバイで、彼のガール・フレンドを病院に見舞いに行ったという、そのエピソードが言わば「第二過去」です。「この作品は同じ短編集（『螢・納屋を焼く・その他の短編』）に収められた『螢』という短編と対になったもので、あとになって『ノルウェイの森』という長編小説にまとまっていく系統のものですが」（「めくらやなぎのためのイントロダクション」）と村上が言うように、友人は『ノルウェイの森』の「キズキ」に、「生まれつき胸部の骨の一本が少し内側に向かってずれていた」そのガール・フレンドが、「直子」に呼応する人物であろうと考えられます。

さて、「僕が最後に病院に行ったのは八年も前のことで、それもここことは全然外観の違う海岸近くの病院だった」と、「僕」は、第一過去の地点から第二過去の地点に思いを巡らします。つまり、この物語は、後説法という枠組みの中にあって、さらにその内部においても後説法（フラッシュバック）が採られています。これもまた一般的で多々あるケースですが、問題は、第一過去と第二過去のいったいどちらが「主」でどちらが「従」か、ということです。

その前に。

変化する村上文体

いったんここで閑話休題し、文体について考えてみましょう。[*1]「ねじまき鳥と火曜日の女たち」の章で、村上春樹は「省略したがらない」ことを検証しましたが、「めくらやなぎ」の二バージョンをその冒頭で見比べてみると、もちろん、朗読会で読み上げるためにテクストを削ぐ必要があったとは言え、村上春樹の文章が十二年の歳月を経て微妙に変化していることに気づきます。「まるで」といった副詞、「そして」といった接続詞、「そのあとに」といった接続句が、きれいにとり払われている。「僕の裸の腕にのめりこんだ。微かな痛みだけがあとに残った」には、「僕の裸の腕にのめりこんだ。そしてそのあとに微かな痛みが残った」の「そしてそのあとに」(さらにつけ加えれば、「そしてそのあとそこには」)がふたつの文章間に介すると見なされ、それだけでも意味論上は十分な文章です。けれども、統語論上からは、省略に対して居心地の悪さを感じる現代日本語的感覚において、その変化は「退行」を意味します。村上春樹において、「退行」とはすなわち、「ねじまき鳥と火曜日の女たち」で見た通り、「翻訳調」の文章スタイルから遠ざかることです。そして、[as if][and][after that]などの、英語を想起させる日本語が、「めくらやなぎと、眠る女」では失せているのです。それも、「ダイエット」の一環なのでしょうか。しかし、もともとは八十枚だった作品を四十五枚ほどにする必要があったのです。八十枚から七十五枚とは訳が違う。現に、「めくらやなぎと眠る女」から「めくらやなぎと、眠る女」へと至る過程では、多くの叙述部分が、剪定バサミで刈りこんだかのように大胆にカットされています。「まるで」や「そして」は、それに比べれば微細なカットに過ぎず、あえて紙幅を減らすためではなかった、と考えるほうが妥当でしょう。

「その、なにかもうちょっとまともな言葉を口にできない?『ああ』とか『うむ』とかいった冷酷な間接詞以外に。接続詞とか、そういうものでもいい。そうねえ、たとえば、『だけど』とか『しかし』とか」

『スプートニクの恋人』(一九九九)にはそんな思わせぶりな一文がありますが(スミレが「僕」に言うセリフです。覚えていますか?)、それに先立つ翻訳書『心臓を貫かれて』(一九九六)では、

昔僕はゲイリーが母に宛てて出した手紙を見つけた。母はそれを机の裏側に隠していた。(中略)母はゲイリーに手紙を書いて、どうしてそんな命懸けのゲームを続けなくてはならないのかと質問したのだ。

ゲイリーは返事を書いてきた。

(第三部「兄弟」第二章「片隅の少年」)

といった類の、翻訳書らしからぬ叙述を多く目にすることができます。つまり、「(母は)質問したのだ」と「ゲイリーは返事を書いてきた」の間に、接続詞が介在しないのです。そこで、原書に注目

すると、論理性を重んじることを常とする英語の文章にしては珍しく、確かにこの部分には、原文においても接続詞が、ない。そして私たちは、その『心臓を貫かれて』が訳出される直前に、「めくらやなぎと眠る女」が「めくらやなぎと、眠る女」へとリバイズされたことに気がつくでしょう。村上の文体には、あるいは『心臓を貫かれて』を契機としてなのか、この時期に明らかな変化が見られます。さらに、二〇〇二年の『海辺のカフカ』は、つぎのような連結されない短い文章で充たされています。

二両連結の小さな電車だ。線路はビルのならんだ繁華街を抜け、小さな商店と住宅が入りまじった区域を抜け、工場は倉庫の前を通りすぎる。公園があり、マンションの建築現場がある。僕は窓に顔をつけ、知らない土地の風景を熱心に眺める。

（第五章）

冒頭のふたつの引用にいまいちど目を向けると、一九九〇年代中盤以降の村上の文体には、かつて村上が好んで用いた翻訳調でいて論理的で現代的な統語法が影を潜めているのが見てとれるでしょう。

さて、本題に戻りましょう。

彼女はそのボールペンを手に持って、紙ナプキンの裏に何かを描いていたのだ。それで彼女はか

がみこんでいて、僕は彼女の乳房のあいだの白い平らな肉を見ることができたのだ。(中略)

彼女は丘を描いた。こみいった形をした丘だった。古代史の挿画に出てきそうなかんじの丘だ。丘の上には小さな家があった。家の中には女が眠っていた。家のまわりにはめ、く、ら、や、な、ぎ、が茂っていた。めくらやなぎが女を眠りこませたのだ。

「めくらやなぎっていったいなんだよ」と友だちが訊ねた。

「そういう種類の柳があるのよ」と彼女は言った。

「聞いたことないね」と友だちが言った。

「私が作ったのよ」と彼女が言った。「めくらやなぎの花粉をつけた小さな蠅が耳からもぐりこんで女を眠らせるの」


冒頭の指示代名詞や接続詞を見れば、これが「めくらやなぎと眠る女」「めくらやなぎと、眠る女」いずれの作品からの引用なのか、もうおわかりでしょう(もちろん前者からの【原文ママ】の引用です)。

まずもって、「耳からもぐりこんで女を眠らせる」という「小さな蠅」が気になります。彼女によれば、蠅はその後、「女の体の中に入って肉を食べる」。……まさにエイリアンではないか。と言うよりも、「女の中に入りこむ外的生物」については、西洋では多くの神話が語り継がれてきています。映画「エイリアン」も、その神話をインフラストラクチュアの部分ではなぞっていると見るのが一般的です。難波江和英・内田樹『現代思想のパフォーマンス』を参照すると、女性の体内に入りこむ生物はすなわち、女性の「産む」行為の無為性、ただただ男性の複製・再生産のための道具と化する彼女たちの身体にわだかまる母になることへの違和感（ルサンチマン）のシニフィアンである、とそれら神話は解釈されます。そのルサンチマンが彼女たちの肉体を食い尽くすのです。もちろん、「エイリアン」の女性主人公・リプリーはエイリアンに肉体を蝕まれず、その憂き目に遭うのは宇宙船内の男性クルーであり、女性のルサンチマンを男性に移植してしまうところに、この映画のフェミニズム性がまた顕されるのですが、話をもとに戻せば、「めくらやなぎと眠る女」の入院する「彼女」も、「病院」という言説の中で、こうした「母」のルサンチマンを十七歳ながら無意識のうちに感じとり（と言うか、無意識が表層に立ち現れ）、それが「めくらやなぎと眠る女」の絵として徴されたのだ、とフロイトなら考えるかもしれません。

ところで、先に引用した箇所は無論この短篇の表題と直接的な関わりをもつ部分です。つまり、表題に注意を向けると、「めくらやなぎと眠る女」では、実はこの第二過去（フラッシュバック）が「主」であり、第一過去は「従」ということになります――第一過去は第二過去を前景化するためのサブストーリーに過ぎません。それはまた、この第二過去のエピソードが村上の他の作品に共通する「重い過去」として扱われていることによっても検証されるでしょう。そして、第一過去と第二過去の主従関係が定まれば、オリジナル版「めくらやなぎと眠る女」のテクストの見方も異なってきます。先に、「めくらやなぎと眠る女」で、「僕」が第二過去を回想するぶんだけ物語の進行が遅延すると記しましたが、実は、物語の核となる第二過去のほうが、第一過去によって進行を遅延させられていたのだ、ということがわかります。

過去を切り離せない語り手

その上でこんどは、「めくらやなぎと、眠る女」のテクストに目を向けてみます。

「めくらやなぎと眠る女」は物語の冒頭から姿を現していた第二過去は、「めくらやなぎと、眠る女」においては、「僕」と「いとこ」が病院に到着し、「いとこ」が一人で診療室に入っていくまでは現れません。これをオリジナル・ストーリーとして初めて読むと仮定すれば、読者はもちろん追って八年前のエピソードが割りこんでくるとは想定しないわけですから、それまでは、第一過去の物語進行は遅延しない。半面、第二過去の前景化は大幅な遅延を強いられます。それにより、「めくらやなぎと、眠る女」は、「僕」と「いとこ」の会話の連続に象徴される描写が、物語の表現形式上の主体となり、叙述（提示）が鳴りをひそめるぶん、映像的で、直線的な進行が持続します。

ここからは試しに、ふたつの物語をそれぞれ映画にして考えてみましょう。

①二人（「僕」と「いとこ」）がバスを待っている。

②「めくらやなぎと眠る女」では、冒頭に早くも八年前のフラッシュバックが短めに挿入される。その後も十七歳の「僕」や「キズキ」や「直子」が、老人が大勢乗ったバスの車中や病院の場面の合間に、断続的に現れる。かたや、「めくらやなぎと、眠る女」ではフラッシュバックは映

画の中盤まで挿入されず、「僕」と「いとこ」、バスの中の老人たちを淡々と映し続ける。
③「いとこ」が診察室に入る。
④「僕」が病院のロビーで一人になると、両者ともに、場面が八年前にフェードインする。
⑤フラッシュバックがフェードアウトし、「いとこ」が診察室から出てくる。
⑥二人で帰りのバスを待つ。
⑦エンディングはもうすぐです。

A「めくらやなぎと眠る女」

　僕はその沈黙の中で、いとこの耳の中に巣喰っているのかもしれない無数の微小な蝿のことを考えてみた。六本の足にべっとりと花粉をつけていとこの耳に入りこみ、その中でやわらかな肉をむさぼり食っている蝿のことをだ。

B「めくらやなぎと、眠る女」

　僕はそのとき、あの夏の午後にお見舞いに持っていったチョコレートの箱のことを考えていた。彼女が嬉しそうに箱のふたを開けたとき、その一ダースの小さなチョコレートは見る影もなく溶けて、しきりの紙や箱のふたにべっとりとくっついてしまっていた。僕と友だちは病院に来る途中、海岸にバイクを停めた。（中略）僕らはチョコレートの箱を、激しい八月の日差しの下に出しっぱなしにしていた。そしてその菓子は、僕らの不注意さと傲慢さによって損なわれ、かたちを崩し、失われていった。僕らはそのことについて何かを感じなくてはならなかったはずだ。(中略)でもその午後、僕らは何を感じることもなく、つまらない冗談を言いあってそのまま別れただけだった。そしてあの丘を、めくらやなぎのはびこるまま置きざりにしてしまったのだ。

⑧そして、エンディング! 二人がバスを待つ場面に戻るのは両者共通ですが、「めくらやなぎと眠る女」では、「28番のバス」が二人に近づいてきて、「僕」は運転手に向かって片手をあげる。いっぽう、「めくらやなぎと、眠る女」では、「やがて目の前に28番のバスが留まり、その現実の扉が開くことになる」と、過去を回想した「僕」は、「いとこ」に「大丈夫?」と訊かれるほど自失状態にあり、バスはまだ来ない。

映画「めくらやなぎと眠る女」は、「いとこ」のときどき聞こえなくなる「耳」に「蝿」の映像をかぶせることにより、最後の最後に、フラッシュバックが前景化することを狙うでしょう。そして、「いとこ」の肩口のあたりにバスの姿が朧気に見え始めて、エンドマーク。それに対し、映画「めくらやなぎと、眠る女」は、「めくらやなぎのはびこる」丘の絵を映した後に、いったんバス停に場面が切り替わり、頭が白くなった「僕」の表情を映しながらエンドマークとなります。バスに乗って「行く」場面から始まる映画を、バスに乗って「帰る」場面で終わらせようとすることにおいては、ともに常識的な映画の文法と言えます。けれども、バスが現れない「めくらやなぎと、眠る女」の終わり方はいかにもすわりが悪い。それはつまり、原作の物語のエンディングが、描写ではなく、「やがて目の前に28番のバスが留まり、その現実の扉が開くことになる」という叙述で終わっているからに他なりません。映像に語り手が介入しないとすれば、映画では、それこそ間の抜けた「僕」の顔を最後の場面で映し続けるしかありません。描写を主体に展開してきた物語は、終盤になって明らかに、そのリズムを乱します

「めくらやなぎと眠る女」→「めくらやなぎと、眠る女」と全体が短縮される中にあって、唯一大幅に書き加えられたのがこのエンディングであり、書き出しと対照すると、文体的に大きく異なっている——主語は省略されず、接続詞も多用されている——のは自明でしょう。まるで、村上春樹の地声が戻ってきたかのような印象です。「九五年の夏にたまたま神戸と芦屋で朗読会を催す機会があり」オリジナルに手を加えた村上春樹の現前には、その年の初頭に起こった阪神大震災、さらに「九五年の夏」という、戦後五十年の節目があったことは事実でしょう。そしてそれらが、「不注意」、「傲慢」、「かたちを崩し」、「失われていった」等々の言葉を導き、さらには、「何かを感じなくてはならな」いといった、使命感や責任感のしるしをもって書き手の地声を表層化した、と考えるのも容易でしょう。しかし、ことさらテクストに注意を払えば、「めくらやなぎと眠る女」の第二過去が、よりいっそう前景化、あるいは前面化される必要があったのではないでしょうか。

「彼女」の描いた絵の中で、「女」は「めくらやなぎ」と一緒に眠るのではなく、「めくらやなぎ」の花粉を身につけた蝿が「彼女」の耳からその体内に入って眠りを誘引します。絵の構図を言語化すると、共棲ではなく、もともとは関係性のないふたつの存在（「女」と「めくらやなぎ」）が触媒（「小さな蝿」）によって結ばれる、ということになります。両者間にはあらかじめ距離があります。それ

がすなわち、「『めくらやなぎと眠る』女」ではなく、「めくらやなぎと、眠る女」という「、」によって仕切られる距離でもあり、同時にそれは、触媒という距離感覚をもって、第一過去と第二過去とを、「いとこ」の「耳」にかぶる「小さな蠅」をして重ね合わせさせないための、断固たる「、」でもあるのです。加えて、先の引用において、「僕と友だちは病院に行く途中」ではなく、「僕と友だちは病院に来る途中」と記されたその箇所は、語り手の感情が、「語る現在」ではなく、夏の日に訪れたその病院にあることを雄弁に物語っている、かのようです。

「めくらやなぎと、眠る女」（『レキシントンの幽霊』1996所収　初出「文學界」1995・11）

＊1　私たちは、「言いたいこと」を百パーセント文字化することができるでしょうか。たとえば、空や花を見て心が洗われるような気持ちになったとします。それを、空や花が「美しい」ですましてしまえば、私たちはたちまち既存のコトバの制度下に囚われることになります。いっぽうそれを、さまざまな語彙を駆使して表現しようとすると、そこには空や花を見たときには実際に感じていなかった雑念（言う気のなかったこと）が紛れてしまうことがしばしばあります。また、人によってコトバの好み（使いたがる語彙、文章の長さ、比喩の有無と質など）があり、そのアウトプットも人さまざまでしょう。このように、コトバの制度や無意識、個人の嗜好によって左右される文章の性質を「文体」（スティル）と呼びます。

9　青少年向けのテクスト——「沈黙」

でも僕が本当に怖いと思うのは、青木のような人間の言いぶんを無批判に受け入れて、そのまま信じてしまう連中です。自分では何も生み出さず、何も理解していないくせに、口当たりの良い、受け入れやすい他人の意見に踊らされて集団で行動する連中です。彼らは自分が何か間違ったことをしているんじゃないかなんて、これっぽっちも、ちらっとでも考えたりはしないんです。自分が誰かを無意味に、決定的に傷つけているかもしれないなんていうことに思い当たりもしないような連中です。彼らはそういう自分たちの行動がどんな結果をもたらそうと、何の責任も取りやしないんです。本当に怖いのはそういう連中です。

読み手を引きつける仕掛け

「沈黙」が発表されたのは一九九一年。『村上春樹全作品1979～1989⑤』に書き下ろしとして掲載され、その五年後にあらためて『レキシントンの幽霊』に収録されました。つまり「雑誌→単行本」の転載パターンではなく、「単行本→単行本」の転載パターンです。

引用に注目すると、「その菓子は、僕らの不注意さと傲慢さによって損なわれ、かたちを崩し、失われていった。僕らはそのことについて何かを感じなくてはならなかったはずだ。でもその午後、僕らは何を感じることもなく、つまらない冗談を言いあってそのまま別れただけだった」という「めくらやなぎと、眠る女」のエンディングと、テクストの底部にある語り手の精神的モードが共有されているのがわかります。「めくらやなぎと、眠る女」の章では、作品が書かれた（書き改められた）時代背景として、一九九五年の阪神淡路大震災と戦後五十年に触れましたが、もうひとつ、同じ九五年の三月には地下鉄サリン事件が起きています。追って事件の被害者へのインタビュー集でもある『アンダーグラウンド』を村上は著すことになり、その意味ではオリジナル版の「めくらやなぎと眠る女」から新たに書き足された「めくらやなぎと、眠る女」の「不注意さと傲慢さによって損なわれ、かたちを崩し、失われていった」は、当時の社会状況を元に立ち現れたテクストという見方もできなくはありませんが、けれどもそれより五年前に、すでに村上のテクストには、「受け入れやすい他人の意見に踊らされ」「誰かを無意味に、決定的に傷つけている」存在という、戦争や、後のサリン事件に対してもフィットしそうな言及があります。したがって、九五年を背景に村上の語り手たちがいきなり社会へのコミットメントを開始したのではなく、彼らは少なくとも九〇年代にはもう、そうした姿勢を多かれ少なかれ表明していたと見るのが妥当でしょう。

さて、「沈黙」は、一九九三年に「全国学校図書館協議会」によって中高生のための集団読書用テクストに指定され、『村上春樹全作品』から抜き刷りされるかたちで、三十二ページの「単行本」として刊行されています。その物語のいったい何が、当時の中高生向けに相応しい内容だったのか。否、正確には、何が中高生の集団読書向けに相応しい内容だったのか（それにしても、「グループ・リーディング」とか、「みんなで読書」とか、一致団結性やお仕着せ感を薄めた用語が使えないものでしょうか）。

その前にまず、「沈黙」のあらすじをレビュー。

「僕」と「大沢さん」は、新潟に行くために空港のロビーで飛行機を待っている。「いかにも温厚で、のんびりとしていて、攻撃的というには程遠い」「大沢さん」は、中学校時代からずっとボクシングジムに通っている。「僕」は彼に、今までに人を殴ったことの有無を訊く。「大沢さん」は（ボクシング以外では）一度だけあるその経験を「僕」に語り始める。

> 「僕は本当はこの話をしたくないんです」と彼は言った。「できることならこんな話はさっぱりと忘れてしまいたいと思っているんです。でももちろん忘れられません。忘れたいものは絶対に忘れられないんです」大沢さんはそう言って笑った。

「大沢さん」が殴った相手は中学校時代の同級生で「青木」という。「青木」は人当たりが良く人望もあるが、「大沢さん」はその「背後にほの見える要領の良さと、本能的な計算高さ」を嗅ぎわける。ある日、いつも「青木」が決まってトップだった英語のテストで「大沢さん」が一番をとる。そのとき教師に冷やかされ真っ赤になった「青木」は、「大沢さん」がカンニングをしたという噂をクラスに流布する。周囲に白い目で見られ始めた「大沢さん」は、「青木」を体育館に呼び出し、そうするつもりはなかったのだが、殴る。その後、一切口を聞かなくなった二人は、中高一貫教育校の高校三年生になって再び同じクラスになる。殴られた思いをずっと内に秘め、復讐の機会を窺っていた「青木」は、一人のクラスメイト「松本君」が自殺したのをきっかけに、その原因が「大沢さん」にあるかのような情報を流し、「大沢さん」は担任に呼び出され、警察からも事情聴取されることになる――。思い出しましたか?

二人が空港のロビーにいる場面から始まり、その後「大沢さん」が(一方的に)語り始める物語がメイン・プロットとなるこの作品はつまりstory in story、入れ子構造になっています。この際空港のロビーは、物語を始動させ終わらせるための背景にしかすぎず、それがたとえば、バーであろうと銭湯であろうと昼休みの会社の屋上であろうと、大勢には何ら影響を及ぼしません。であれば、「僕」など登場させず、いきなり「大沢さん」の過去の話から入り、そのままエンド、という手だってあるじゃないか、と思うかもしれませんが、そこには、言わば使い古された「語りの策略」があります。

まずもって、作品全体の語り手である「僕」は、ほぼ物語の始動とともに、「大沢さん」の話を聞く「聞き手」側にまわります。そのいっぽうで、読み手は最初から「聞き手」のわけですが、語り手の位相が変化するのに応じ、あらためて聞く姿勢をきちんと整える。そして、語り手と一体化してその「大沢さん」の物語を聞くことになります。ここでは、メイン・プロットへと読み手を引きつける効果が狙われます。

ノンフィクションぽく見せる手法

つぎに、さきほどから「物語」に傍点を打っていますが、「僕」の伝聞（間接話法）ではなく、「大沢さん」が直接話法[*1]で語るその物語（フィクション）を、本当ぽく（ノンフィクションぽく）見せかける効果もまた狙われる、と言うか、その効果を狙って読み手を欺く――結果的に、そこに書かれたものは、フィクションにせよノンフィクションにせよ、誰によって話されようと、行為主体による伝聞にほかなりません。そして仮に、ノンフィクションを、ビデオカメラで一部始終を撮ったかのような事実そのままだと頑なに定義するのなら、語り手によりその主観をもって編集されたあらゆるノンフィクションは、ノンフィクション風のフィクション、と言わざるをえません。

さて、繰り返しになりますが、ノンフィクションぽく見せるのは、使い古された手です。その手を使った世界的に著名な作品（あえて「名作」とは言いません）をあげれば、たとえば、『マディソン郡の橋』があります。

母親が死んだ後に、子供たちが彼女の遺品を整理していると、鍵のかけられた箱から日記が出てくる。日記には、母親がかつて夏の四日間に一人の男を愛したことが書かれている、と、以降、語り手は母親であるフランチェスカの一人称へと移動します。子供たちが日記を発見する行為はここでもまたメイン・プロットには影響を与えません。けれども、遺品をうっかり全部処分してしまっていたら永久にその話は葬り去られていたかもしれないという緊張感とともに、「日記」という真実の記録であるかのような道具をもって、フィクションがノンフィクションぽく提示されます。欺かれた読み手は、万一日記が捨てられ、しかし焼却される一歩手前で清掃工場の係員に発見され、彼によって読まれ、読み手にその中味が提示されても、子供たちが発見したのとまったく同じようにストーリーを味わうことができる、なんてつゆも考えないでしょう。ましてや、母親が日記に記したことはただの妄想、絵空事の可能性だってある、なんて思いもしないでしょう。けれども実は、読み手がそれを疑うことによって初めて、フィクションはフィクション性を強化されるのです（そう言えば、興行収入記録史上最高をいまなお誇る映画『タイタニック』も同種の入れ子構造をとっていますが、最後に一瞬老婆の告白を妄想ぽく見せかけ、ところが彼女の手から首飾りを海に投げ出させることによって、最後の最後に、だめを押すように、再びノンフィクションぽく見せかけるという凝った手が使われています。近くに『タイタニック』をノンフィクションだと信じて疑わない人がいませんか？）。

さて、村上春樹は直接話法ばかりでなく間接話法も駆使する書き手です。たとえば、一九九九年に発表された長編『スプートニクの恋人』。

22歳の春にすみれは生まれて初めて恋に落ちた。広大な平原をまっすぐ突き進む竜巻のような激しい恋だった。

三人称小説のように書き出されるオープニングからしばらくは、この物語の語り手が誰であるかは明かされません。やがて「すみれ」の簡単な「学歴」が紹介され、彼女は、通った大学の「非冒険的で生温かく実用に適さない——もちろん彼女にとって実用に適さないということだが——ものごとのあり方に心の底から失望することになった」という一節が現れます。一人称小説であることをまだ否定はできませんが、俯瞰する位置から「彼女」を描写する三人称小説の色合いが俄然濃くなります。さらに、これに続く「まわりにいる学生たちの大半は、救いがたく退屈で凡庸な二級品だった」で三人称小説であることが確定的になります（それは明らかに、「彼女」の視点から見た大半の学生たちの姿です）。ところが、この一文にはカッコが付されています。「まわりにいる学生たちの大半は、救いがたく退屈で凡庸な二級品だった（実を言えばぼくもその中の一人だった）」と。「ぼく」はこの物語においてここで初めて登場しますが、カッコの中という目立たぬ場所からじわりと現れるのです。そして次の瞬間には、「すみれは三年生になる前にさっさと退学届けを出して、学窓の外に消えてしまった。こんなところにいたって時間のむだだという結論に達したのだ。おそらくその通りだろうとぼくも思う」と、「ぼく」は主格を「彼女」から奪いとってしまいます。しかし、ここで完全に一人称小説にシフトされるかと思うと、「そしておおよそ半年後のある日、ぼくがいみじくも予言したとおり唐突に理不尽に、彼女は平原の竜巻のような激しい恋に落ちたのだ」と前置きされた後に、「彼女」（「すみれ」）と「ミュウ」が「披露宴のテーブルで席をとなり合わせ」出会った場面に移り再び三人称小説の語りが導入されます。

ミュウは膝の上のナプキンの隅を揃え、中立的な微笑を口もとに浮かべて、すみれの顔を見た。彼女はとても深い色の一対の瞳を持っていた。いろんな色が混じりあっていながら、そこには濁りも曇りもなかった。……

すみれの父親の姿を目にして、ミュウは一瞬言葉を失った。彼女が息を吸い込む音がすみれの耳に届いた。穏やかな朝の自然光で大事な人の目を覚まさせるために、ビロードのカーテンをそっと引くときのような音だった。……

わたしはやはりこの人に恋をしているのだ、すみれはそう確信した。……

この際、「ぼく」（披露宴の場にはいない）が語り手だとすれば、「すみれ」の目から見た「ミュウ」の様子やすみれが感じた「息を吸い込む音」を、ましてや「すみれはそう確信した」という「ぼく」以外の作中人物の内面を、「そうすみれは僕に言った」という枠組みの中でしか語れないはずです。けれども、この二人の出会いの場面には語り部となるべき「ぼく」は一切登場しません。したがってこれは、「ぼく」が「すみれ」の「話」を、「沈黙」の「大沢さん」とは異なり、間接話法で読み手に伝えているのだと解釈できます。『スプートニクの恋人』はその後、第2章では、再び「ぼく」小説になり、第3章では「すみれ」を主格とした三人称小説に戻ります。第4章は「ぼく」を主格に語り始められますが、途中から「すみれ」と「ミュウ」を主格にした三人称小説に転じ、何と第5章はあつかましくも「ぼく自身について少し語ろうと思う」と書き出されます。第6章に至り、「ミュウ」とともにギリシャに行った「すみれ」からの手紙が届き、その直後に彼女は失踪するので（物語世界を俯瞰する語り手が語るべき対象を失うので）、以降は安定した「ぼく小説」が展開されます。ややあって、第11章では、失踪したすみれが残したディスクが見つかり、そこにすみれは文書を書き溜めていたのですが、〈すみれの夢〉と題された章には、「この部分は三人称で記述する。その方がより正確であるように感じられるから」という意味深な断りがあります。つまり、物語全体を通しては、記述が三人称から一人称へ、さらにまた三人称へとつぎつぎに転換することに何の断りもないのに、物語中の物語には、それがはっきりと断られているのです。あたかも、前半部分の人称の交錯に注意深くなかった読み手に対し、語り手がいったんテクストの外部に出てヒントを与えるかのように。

「沈黙」で直接話法を使ってノンフィクションぽく語り手に物語を語らせた村上春樹は、この『スプートニクの恋人』を経て、その後大胆にも間接話法を使ってノンフィクションぽく見せかける手法を編み出すのですが、それについては「偶然の旅人」で詳しく触れることにして、いまは、「沈黙」の直接話法に話題を戻しましょう。

話されるのを待っていた過去

　青木っていう奴は、そりゃ勉強は良くできて、いつも成績はいちばんでした。僕が通っていたのは男子校だったんですけど、あいつは人気がありましたね。クラスの連中はみんなあいつに一目置いてたし、教師もずいぶんあいつのことを可愛がってましたよ。成績が良いっていうのに偉ぶんない、何ていうか、さばけてて、しょっちゅう冗談を言うような男なんです。正義感みたいなところもあったし。

とは、「大沢さん」は「僕」に語りません。

　青木は勉強のよくできる男でした。大抵は一番の成績を取っていました。僕の通っていたのは男子ばかりの私立校だったんですが、彼はなかなか人気のある生徒でした。クラスでも一目置かれていたし、教師にも可愛がられていました。成績は良いけど決して偉ぶらず、さばけていて、気楽に冗談なんかも言うって感じです。

というのが、「大沢さん」の実際の語りで、微妙な語り口調です。微妙、というのは、無論「大沢さん」は「僕」に向かって語っているのであり、二人の間の人間的な距離感が彼の語り口を規制することはあります。けれども全て「　」によってくくられている「大沢さん」の語りは、それを踏まえたうえでも、あたかも語り慣れているかのように整理が行き届いており、入念に編集されたかのような印象を受けます（この後に続くテクストで一箇所だけ、「僕と青木は同じ高校に上がりました。僕らの学校は中学と高校が一緒になった私立校だったんです」と「大沢さん」は、中学生時代のトラブルを語った後で、思い出したかのように、「青木」とは高校卒業まで同じ学校に通う運命にあったことを「僕」に告げ、彼の話は別段秩序立ってなどいないことを示すような素振りが見られますが、それは「大沢さん」の言い忘れであるのと同時に、読み手に衝動を与えるための、語り手による意図的な語り遅れともとれます）。

「僕は本当はこの話をしたくないんです」と言うからにはおそらく、「僕」に対して初めて自分の過去を打ち明けているのでしょうが、その「大沢さん」の体験というノンフィクションは、いつか語られることを前提に、「大沢さん」の中でずっと手入れされ、物語化されてきたかのようです。つまり、フランチェスカの「日記」はもしかしたら彼女の妄想だったかもしれない、というのと同様の、フィクションの避けがたいフィクション性がここに嗅ぎとられるとともに、大枠としての構造上はノンフィクションぽく見せかけられた作品の中にあって、そのテクストに物語的なエレメントを差しこむことによって読み手に、よりいっそう強くフィクションのフィクション性を意識させる、そうした効果を狙っているかのようです。

　などということはもちろん、中学校や高校の「集団読書」では考察しないでしょう。

　では、ここでもういちど、なぜ「沈黙」は集団読書用テクストに指定されたのか？

①村上春樹がビッグネームになっており、その作品を中高生の読書対象に採り上げざるをえず、「R指定」の描写や言葉が出てこない本作が選ばれた。

②作品に描かれているのがそもそも中学生・高校生であり、また、集団による「いじめ」問題を扱っていることから、生徒の関心を引きつけると（全国学校図書館協議会が）考えた。

③どんな理由であれ、相手に対して自ら手を上げてはいけないことをみんなで理解しあうため。

④集団に付和雷同するのではなく、自分の考えを強く持ち、信念をもって行動することを中高生に諭すため。

⑤本ばかり読んでいないで、たまにはボクシングでもすることを促すため（「大沢さん」は中学生時代、毎日部屋に籠もって本ばかり読んでいるのを親から心配されボクシングジムに通うようになりました）。

⑤なら溜飲を下げますが、無論その他にも、そうした公的機関ではきっと私たち凡人が思いつかないような根拠を考え出すのでしょう。ただし、この中で④だけは、アメリカならいざしらず、集団的生活を重んじる日本ではほぼ間違いなくありえません。が、「沈黙」のテクストは明らかにこのメッセージを含んでおり、その意味では「危険啓蒙書」の扱いをされても不思議はない。当時全国の中学校・高校で教員も含めて真剣にこの作品を読んでいたとしたら、今日のいじめ問題もいくらかは未然に防げたのではないか、などと思ってみたりもしますが、要するに④を今でもやんわりNGにする我国の教育・社会制度下では、「集団で統一的に行動する」ことが悲惨な結果を招きうるという、

あの教訓が未だに生かされていないのだし、その規範が一歩間違った方向に応用されればいじめをも生む。そのことに対して私たちはあまりに無意識すぎる、否、我々の無意識の内にそれらが取りこまれてしまっている。つまり我々は、権力的な知にすっかり虜われてしまっている、怒、怒、怒——それが、追って『ねじまき鳥クロニクル』につながっていく村上春樹の伏線として、一九九一年発表の「沈黙」に見てとれる、かのようです。

いずれにしても「沈黙」は、読後にビールが異様に飲みたくなる物語です（覚えていますか？）。この作品を集団でじっくり読んだ後に、ビールで打ち上げができない中高生を、気の毒に思います。

「沈黙」（『レキシントンの幽霊』１９９６所収　初出『村上春樹全作品１９７９〜１９８９⑤』１９９１・１）

＊1　直接話法と間接話法については、英語の「She said 'I'm fine.'」（直接話法）、「She said that she was fine.」（間接話法）を思い出してみてください。

10　映画化された村上作品①――「トニー滝谷」

妻の身につけていたものをいつまでも抱えているのはいやなので、装身具の類は業者を呼んで言い値で持っていかせた。ストッキングや下着の類はまとめて庭の焼却炉で焼いた。洋服と靴だけはあまりに数が多かったのでそのままにしておいた。妻の葬儀が終わったあと、彼はその衣装室にひとりで籠って、そこにところ狭しと並んだ服を朝から晩までずっと眺めていた。

「私」になれないカメラ

本章ではまず、右の引用部分が映像になったときのことを思い描いてみてください。

これまで村上春樹の小説は、製作年代順にあげれば、『風の歌を聴け』、「四月のある晴れた朝に100パーセントの女の子に出会うことについて」、「パン屋襲撃」、「土の中の彼女の小さな犬」、そして今回のテーマ「トニー滝谷」の計五作品が映画化されています。五作の中で唯一、語り手が一人称ではないのが「トニー滝谷」です。つまり、最も映画化しやすいのが「トニー滝谷」、と言うこともできます。

映画のカメラは言わば天空の位置からその作品世界を俯瞰的に映し出します。語り手が天空にある物語もまた、ビデオカメラで捉えられたかのように作品世界全体が語り手によって描き出されます。すなわち、その語り手の位置にカメラを据えれば、原作と構造を一にする映像作品が出来上がる。原理的には。それなら一人称小説だって「僕」なり「私」なりの位置にカメラを据えればそのまま映像作品になるじゃないか、と思うでしょう。一瞬。冷静に。「僕」なり「私」なりの位置に据えられたカメラは、「僕」や「私」の目に映るものは映し出しますが、「僕自身」「私自身」を映すことはできません。もし、「僕」や「私」の位置に据えられたカメラが「僕」や「私」を捉えていたら、それはとりもなおさず、カメラが天空にあるということです。たとえば、つぎのような一人称で語られる小説の一場面はどのように映像化されるでしょうか。

「嘘つき！」

と彼女は言った。
しかし彼女は間違っている。僕はひとつしか嘘をつかなかった。

これをありのままに映像に転化するとすれば、語り手が介在する以外に手はないでしょう。なぜなら、この『風の歌を聴け』の「僕」は、「しかし彼女は間違っている。僕はひとつしか嘘をつかなかった」とは発声していないのです。したがって、「彼女」は「僕」がついた嘘がひとつだったことを知らされない。もし映画で「僕」がそれを口走ってしまえば、「彼女」もそのことを知ってしまうことになります。だから、映画に語りが介在しないとすれば、カメラは何も語らない「僕」の顔を映し続けるしかありません。どんな名優であろうと、表情だけで「しかし彼女は間違っている。僕はひとつしか嘘をつかなかった」と表現するのは至難に違いありません（ぜひ、ご自身でいちど試みてみてください。複雑怪奇な顔になります）。

話はわき道に逸れます。

イッセー尾形さんと「トニー滝谷」

「あの映画にはいろんな意見があるでしょう」とは、イッセー尾形氏の言葉少ななコメントです。言うまでもなく、イッセーさんは映画「トニー滝谷」で「トニー滝谷」の役を演じました。ロードショーが一通り終わった頃にたまたまお会いする機会があり、私が「なんであの映画は語りを入れちゃったんでしょうね」と尋ねたら、彼は即答はせず、三十分ほどしてから文字通り、ぼそり、とそう言いました。彼自身ものを著す人なので、映画のつくりに対して相応の苦悩があるように感じられました。が、その頃にはもう、昭和天皇役を演じた別の主演映画が話題になっていて、いつまでも心を「トニー滝谷」に留めておくわけにはいかなかったのかもしれません。

さらにわき道に逸れます。

冒頭の引用に「ところ狭しと並んだ服を朝から晩までずっと眺めていた」というくだりがありますが、嘘か本当か、もうだいぶ前に亡くなった日本を代表する大作家は、女性編集者が「これからデパートに行く」というと一緒に付いてきて、しかし自分は呉服売場に行き、そこに並べられている反物に片端から頬を摺り寄せる習癖があった、という話を、とある別の大作家から聞いたことがあります。だからか、「トニー滝谷」のこの箇所を読むと決まって私は、服に頬摺りをする大作家の姿を思い浮かべてしまいます。実際には、「トニー滝谷」は眺めていただけで、頬摺りはしていないのですが。

さてさて。映像は活字の何百万倍もの情報量を持つと言われますが、冒頭の引用部分を読むのにどれくらいの時間がかかるでしょうか。せいぜい十秒といったあたりでしょうか。ところが、これを映像にすると、まず業者が来て装身具を持っていき、場面が切り替わり「トニー滝谷」が焼却炉でストッキングや下着を燃やし、またまた場面が切り替わって妻の葬儀があり、再度場面が転じて「トニー滝谷」が衣装室に籠もって服を眺める（頬摺りはしません）、という最低でも四シーンを撮らなくてはなりません。それを十秒でまとめるのは到底無理でしょう。かてて加えて、事と場合によっては、これらのシーンだけでも本一冊ができそうなくらいのコストがかかりそうです。映像作品は、いくら情報量が多いとは言え、イメージそのものを観客に提示します。いっぽうで小説は、少ない情報量で読者のイメージを喚起させます。つまり、お客さんにも労働を強いる。そのぶん、映画に比べれば安くあがる。

それは反面、小説を原作とする映像作品が観客から厳しい評価を受ける理由にもなります。映画の製作者は自分なりに原作のイメージをつくりそれを映像化します。ところが、見に来る観客は、すでに原作を読んでいるとしたら、ことごとく自分の頭の中で小説の映像化を済ませているのです。映画をつくる側からしたら厄介この上ない観客ですが、それを承知の上で映像化に取り組む勇気と自信が監督、俳優はじめ製作者サイドに求められます。あるいは、イッセーさんの「あの映画にはいろんな意見があるでしょう」は、「原作は原作、映画は映画なんだから」という、そういった観客たちへの主旨返しだったのかもしれません。

そこで映画の評判は、と言うと、これが案外良い。どの映画サイトを見ても、「村上のミニマルな世界を忠実に映像化した抒情詩のよう」といったコメントが並んでいます。が、しかし、他の映画に比べてコメントの量自体は極端に少ない。たとえば、「Ｙａｈｏｏ！映画」では、「トニー滝谷」に対するコメントは二〇〇六年の末時点で八件。これに対して「この作品（「トニー滝谷」）をお気に入りに入れている人は、ほかにこんな作品もお気に入りに入れています」で紹介されている「カモメ食堂」は二百二十件、同様の「ゆれる」は二百四十七件、「ＡＬＷＡＹＳ 三丁目の夕日」に至っては二千二百六十三件です。これでは「評判が良い」どころではなく、「ほとんど評価されていない」ということになってしまう。それがすなわち、「あの映画にはいろんな意見があるでしょう」というイッセーさんのつぶやきにつながっていることは、ここにきて、疑いの余地はないでしょう。

映画のプログラムを見ると、監督の市川準さんが「トニー滝谷」を製作するに至った動機について触れられています。それによると市川監督は、どうも村上春樹を「芥川賞作家」だと思っていたようです（映画のプログラムというのは、校正をしないのでしょうか）。村上ファンなら、映画館に入り、プログラムを買い、期待に胸を膨らませてそのページを開いた途端に「ん？」となるに違いありません（ちなみに私が映画館にこの映画を見にいったとき、周囲はいかにも村上ファン風の三十、四十代の女性で占められていました）。

「だめだ、こりゃ」と映画を観る前から早くも諦めモードになっていた観客もきっと大勢いたことでしょう。そうした杜撰さは、村上春樹原作映画の観客は一筋縄ではいかない、ということに対する決定的な配慮の欠如、と言われてもしかたがない。が、とりあえず入場料も払っているので映画を観ます。イッセーさんには申し訳ないですが、私は途中で少々寝てしまいました。映画館で映画を観ながら眠ったのは、この映画と「アイズ・ワイド・シャット」だけです（眠るとわかっているフランス映画は、入場料がもったいないので、最初から映画館では観ません。「アイズ・ワイド・シャット」は、だいぶ長いあいだ寝た気がするのですが、起きてもまだ映画が続いているのに驚きました）。

さて、「芥川賞作家」のつぎに失望したのは、「語り」です。

「トニー滝谷」では、「純情きらり」で太宰治らしき役を演じた西島秀俊が、映画の最後にちらりと顔を覗かせますが、語り手として配置されています。そのうえ、西島ばかりでなく、主役のイッセー尾形も宮沢りえも「会話」以外の部分で、ことあるにつけ突如ストーリーを語り出します。それ（彼らが読む物語）を「静謐《せいひつ》な抒情詩」と解釈してくれる観客はまこともって有り難い観客ですが、村上春樹に一家言ある観客には安手の映画と思われても反論はできないでしょう。なにしろ、原作はもう読んでいるのです。それをまた映画で読み聞かされて、観客にイメージを膨らます労働を強いるのは、すなわち製作費の出し渋りとしか思えない。たとえば、「君に読む物語」で、過去が映像としてフラッシュバックされるのではなく、ジェームズ・ガーナーがジーナ・ローランズに延々と本を読み続けたとしたら、キレる観客が続出することは必至でしょう。私たちは映画を観に来たのであって、小説の読み聞かせに来たのではない！　しごく尤もです。

映画が越えられない小説の壁

好対照の映画がウェイン・ワン監督の「スモーク」。ことにその終盤部分、ポール・オースターの「オーギー・レンのクリスマス・ストーリー」が原案になっている「オーギー」。

小説では、語り手「ポール」が、クリスマスの前に新聞社からクリスマス・ストーリーの執筆依頼を受け、引き受けてはみたもののチャールズ・ディッケンズやO・ヘンリーの亡霊が彼の目の前を彷徨《さまよ》い、いっこうに筆が進まない、そんなとき、友人で煙草屋のオーギーから、任せとけ、俺があんたにとびっきりのクリスマス・ストーリーを聞かせてやるよ、ランチさえ奢ってくれたらな、と持ちかけられる。ポールはその提案を受けいれ、街中のデリカテッセンでオーギーの話を聞くことにする。

そしてオーギーが語り始める――つまりこの小説もstory in story、入れ子構造をとっており、ノンフィクションぽく見せかける手法が使われています。

映画も原作を忠実になぞるように、ポール（ウィリアム・ハート）がオーギー（ハーヴェイ・カイテル）からデリカテッセンで話を聞き、その話を観客もまた聞くというつくりになっています。原文のテクストとオーギーの話を照合すると、ほぼ彼は原文ママにクリスマス・ストーリーを語っており、観客は小説を読むときと同じ時間軸で映像を見ながらいっぽう、頭の中ではオーギーの話を映像化します。とここまでは、観客に労働を強いる安手の映画づくりです。ところが、映画のエンド・クレジット部分になると、今度はオーギーが語った話が無音声で映像として観客に提示されるのです。すなわち、観客に対して一方的に製作者の作品解釈を押しつけるのではなく、まず観客に映像をイメージさせておいて（すでに原作を読んだ観客には、ここであらためてイメージづくりを働きかけておいて）、みなさんいかがでしたか、私たちはこのようにオーギーの話をイメージしてみました、といった具合に最後に映像だけを示すのです。そこで観客は小説のテクストと映画の文法とを間を置いて別々に目の当たりにします。提案型の映画、試みに溢れた映画です。

ところが、この映画にも、乗り越えることのできない「小説の壁」があります。

私はちょっと黙って、オーギーの顔に、いわくありげな笑みが広がっていくのを見つめた。たしかなことはわからない。でも、その瞬間彼の目に浮かんだ表情は、何とも意味深長に見えた。

何かひそかな悦びをたたえて、ぎらぎら輝いているように見えた。私ははっとした。もしかしたら、何もかもオーギーのでっち上げじゃないだろうか？　おい、僕をかついでいるのか、そう問いつめてみようかとも思ったが、やめにした。どうせまともな答えが返ってくるはずはない。まんまと罠にはまった私が、彼の話を信じた——大切なのはそのことだけだ。誰か一人でも信じる人間がいるかぎり、本当でない物語などありはしないのだ。

（ポール・オースター「オーギー・レンのクリスマス・ストーリー」柴田元幸訳）

オーギーがクリスマス・ストーリーを語り終えたとき、ポールには疑問が浮かびます。これはもしかしたらぜんぶオーギーのつくり話なのではないか、と。べつの見方をすれば、オーギーに語らせることによってノンフィクションぽく見せかけられたこの小説のテクストは、明らかにその使い古された手法そのものを意識しています。「誰か一人でも信じる人間がいるかぎり、本当でない物語などありはしないのだ」という一言に、真のフィクションは、その虚構の内に回避しがたいノンフィクション性を孕むというテーゼが凝縮されているのです。そのために、逆説的に、フィクションは読み手とともにそのフィクション性をよりいっそう強化していかねばならない、という理想的な読者に向けたメッセージとしても受けとめられるくだりでもあります。

しかし、この小説を映画化する際の落とし穴もまたここにあります。原作は一人称で書かれたストーリーです。したがって、オーギーの話が「でっちあげ」であると「私」が思ったことは、「私」によって決して発声されない。それがオーギーに伝わらないことによって、語り手は理想的な読者との蜜月的な交信を目論みます。読者諸君、誰か一人でも信じる人間がいるかぎり、本当でない物語などありはしないのだ、と。けれども、映像はそれを、発声されない「私」の声を、どう処理できるでしょう。万一発声されれば、それは語り手と読み手の交信へとは昇華されず、ポールとオーギーのやりとりの内に留まってしまいます——映画では残念ながら、ポールは疑念を 'Bullshit is a real talent, Auggie.'（ほら吹きも確かな才能のひとつだな、オーギー）と口にしてしまうのです。

そこに、映像が乗り越えることのできない、小説の厚く高い壁があります。が、その場面のウィリアム・ハートの表情には、ぎりぎりまでそれを口にしてはならない、という製作者の苦労もまた見てとれ、それがこの映画を一種清々しくさえしているのも事実です（いちどウィリアム・〈蜘蛛女のキス〉・ハートに「しかし彼女は間違っている。僕はひとつしか嘘をつかなかった」の表情をつくってもらいたいくらいです）。

映画「トニー滝谷」が安手に見えてしまうのは、何も学生時代の「トニー滝谷」をイッセー尾形にカツラをかぶせただけで済ませてしまうような節約ばかりでなく、そうした小説を映像化する際の壁に挑む姿勢が感じられないことに起因します。そして、三人称小説にあえて語りを持ちこんだあたりにもっとも、映画づくりにおける精神的な安普請が透けてしまいます。小説をそのまま読んで聞かせて万事ことなきを得る、では映像に対する真摯な眼差しが欠落していると見られても仕方ありません。と、こうもけんもほろろに言うと何の取柄もない映画になってしまいますが、強いてあげればひとつ、この映画には原作が持つ意識をきっちり反映させているものがあります。しかもそれは、製作者サイドの無意識のうちに映像に差し挟まれたメッセージのようです。

トニー滝谷の本当の名前は、本当にトニー滝谷だった。
彼はその名前（戸籍上の名前はもちろん滝谷トニーとなっているわけだが）と、いくぶん彫りの深い顔立ちと、縮れた髪のせいで、子供の頃にはよく混血児と間違えられたものだった。戦後間もないころだったから、世間にはアメリカ兵の血が半分混じっている子供たちが数多くいたのだ。しかし実際には、彼の父も母も、れっきとした日本人だった。

これが原作「トニー滝谷」の書き出しです（覚えていますか？）。出元は「トニー谷」（私たちより上の年代の人なら皆知っている、「あーたのお名前なんていうの？」とソロバンを持ちながら歌い、かつて一世を風靡したボードビリアン）と思いきや、「たとえば『トニー滝谷』という短編小説は、マウイ島の古着屋で買ったTシャツの胸に『トニー・タキタニ』という名前がプリントしてあったことから生まれました。『トニー・タキタニってていったいどんな人なのだろう？』と僕は想像し、それでこの作品を書き始めたわけです。『トニー・タキタニ』という言葉の響きひとつから、物語を作っていったわけです」（『若い読者のための短編小説案内』）と村上自身がこの短篇についてコメントしていますが、そうした、（真珠湾がある）ハワイで買ったTシャツの「『トニー・タキタニ』という言葉の響きひとつから、物語を作っていった」作品はともすれば、「トニー・タキタニ」という名前に象徴されがちな、「マリーの桜」（大昔のＴＢＳの連続ドラマで、娼婦の私生児である混血日本人役を演じた、現宮崎県知事のエクスワイフ、かとうかずこの出世作）的世界に堕する危険性を孕んでいます。

それをあえて村上は強い意志をもって、「世間にはアメリカ兵の血が半分混じっている子供たちが数多くいたのだ。しかし実際には、彼の父も母も、れっきとした日本人だった」と、通俗に嵌《はま》ることを回避しており、「滝谷トニー」での戸籍登録を当時の役所が認めたかどうかはいざ知らず、その名前に翻弄されない彼の人生を淡々と描きつつ、「トニー滝谷」という表題から読み手がすぐに想像するであろう小説の文法を、ことごとく裏切ることに作品の生命があったわけです。映画「トニー滝谷」においても、その類型に没する危険性が回避されており、その意味で、「（原作を）忠実に映像化した抒情詩のよう」といったコメントが寄せられてもいると考えられますが、それはとりもなおさず、「彫りの深い顔立ちと、縮れた髪」をした俳優ではなく、イッセー尾形を起用したことに負うところが大きい。私の質問に三十分も考えて答えてくれたイッセーさんには、なんとも申し訳ない限りですが。

「トニー滝谷」（ロングバージョン）
（『レキシントンの幽霊』１９９６所収　初出『村上春樹全作品１９７９〜１９８９⑧』１９９１・７）

＊

「トニー滝谷」には今回とりあげた「ロングバージョン」と、これに先行して「文藝春秋」一九九〇年六月号に掲載された「ショートバージョン」とがあります。『レキシントンの幽霊』に収録されたロングバージョンは、『村上春樹全作品』に収録されたもののリライト版です。

11　映画化された村上作品②

――「四月のある晴れた朝に100パーセントの女の子に出会うことについて」

昔々、あるところに少年と少女がいた。少年は十八歳で、少女は十六歳だった。たいしてハンサムな少年でもないし、たいして綺麗な少女でもない。どこにでもいる孤独で平凡な少年と少女だ。でも彼らは、この世の中のどこかには100パーセント自分にぴったりの少女と少年がいるに違いないと固く信じている。（中略）

そのように少年は三十二歳になり、少女は三十歳になった。時は驚くべき速度で過ぎ去っていった。

そして四月のある晴れた朝、少年はモーニング・サービスのコーヒーを飲むために原宿の裏通りを西から東へと向い、少女は速達用の切手を買うために同じ通りを東から西へと向う。二人は通りのまんなかですれ違う。失われた記憶の微かな光が二人の心を一瞬照らし出す。
彼女は僕にとって100パーセントの女の子なんだ。
彼は私にとって100パーセントの男の子だわ。
しかし彼らの記憶の光はあまりにも弱く、彼らのことばは十四年前ほど澄んではいない。二人はことばもなくすれ違い、そのまま人混みの中へと消えてしまう。

小説の「時間」

小説にかかわる時間として、①物語内の時間、②テクストの時間、③読書の時間の三つをあげることができます。たとえば右の引用で（中略）とした行間の時間経過、つまり十四年間が物語内の時間であり、（中略）された箇所のテクストの長さがテクストの時間であり、それを読むのに要する時間が読書の時間です。[*1] 十四年間は瞬く間に過ぎ去りますが、少年と少女が再会した瞬く間は、「失われた記憶の微かな光が二人の心を一瞬照らし出す」と、引き延ばされます。しかし、その「瞬く間」は、テクストを読むよりも速く過ぎ去っているかもしれません。

映像作品においてももちろん引き延ばしは可能です。花形満への星飛雄馬の一球を思い出してみれば、頷けます。ぎらぎらと燃える花形の目。異様にゆっくりと蹴り上げられる星飛雄馬の足。飛雄馬を見つめる伴宙太の目。ホットコーナーで心配そうに見守る長嶋。つづきはまた来週。また、「沈黙」の章で採りあげた『マディソン郡の橋』の映画版でも、終盤で、クリント・イーストウッドの乗ったピックアップ・トラックが交差点を曲がる（実際には信号が変わるまでのせいぜい）一分間は、それまでの「四日間」に比べると、驚くほどまったりと時間が経過します。

「ポルノ映画」の見分けかた

閑話休題。ウンベルト・エーコはかつて「ポルノ映画」であるか否かを科学的に審査する方法について真剣に考えたことがあるそうです。エーコによれば、ポルノ映画っぽい映画をポルノ映画だと断じるには、作品の芸術性云々をしかつめらしく考える以前に、性行為以外の描写がリアルタイム性を持つかどうかだけを観れば良い、らしい。「ポルノ映画は性描写を見せて観客を満足させるためにつくられていますが、一時間半途切れることなく性行為を提供するわけにはいきません。それは役者にとって疲れることですし、結局のところ観客にとってもうんざりするものになるからです」（『エーコの文学講義』和田忠彦訳）。前段部分の「役者にとって疲れることですし」というのは、エーコらしからず、映像で提示される時間と実労働の時間を読み違えているように思いますが（それがホンバンであれば、役者の合計労働時間が一時間半を超えることはざらにあるでしょう）、確かに初めから終わりまで性行為ばかりでは、いくらなんでもメリハリを欠きますし、観客も「うんざり」します。「したがって、ひとつの物語の中に性行為を按配する必要があるわけです。しかしわざわざ興味をそそる物語を考えつくための想像力もお金も使うつもりなどありませんし、観客のほうも、ただ性行為だけを待ち望んでいるわけですから、物語には関心を持ちません」（同）。ポルノ映画のつくり手や観客を思い切り見下している風でもありますが、誰もポルノ映画の「物語に関心は持ちません」は、まあそうでしょう。そこから、車を運転するとか、アパートの階段を昇るとか、「性行為でないものは現実のなかでと同じだけの時間」（同）をかけるというのが、ポルノ映画の経済的流儀であるという、エーコの科学的根拠（！）が導き出されるのです。

さて。いっぽう引き延ばしに対して短絡は、数時間、ないし数日程度であれば映像作品にそれをしょっちゅう見ることができます。「時計じかけのオレンジ」で主人公がレコード屋でひっかけてきた女の子と自室で交わる場面のように早送りやコマ送りにしたりすることもありますが、もっともポピュラーな手法は、十津川警部がカメさんに向かって「飛驒に行ってみようじゃないか」と東京・警視庁で言ったつぎの瞬間には、山間を走る「ワイドビューひだ」が映し出され、車両がカーブを曲がるあたりを潮時に、そのつぎの瞬間には二人は飛驒高山駅前でソバを食い、そのまたつぎの瞬間にはカメさんが町で地道に情報収集を行っている、というものです。

ところが、短絡期間が数年に及ぶ場合には少々工夫を要します。たとえば「猟奇的な彼女」のように、「二年後にあの丘の木の下で会おう」と二人が将来の約束を交わし、場面が変わると二年の時間がすでに経過しているといった類の前フリが必要になってきます（映画で実際に二人が再会したのは三年後でしたが）。例外的には、若かった主人公が突如何歳も歳を食う、「おしん」で、小林綾子→田中裕子→乙羽信子と配役が入れ替わる瞬間、などの場合もありますが、ナレーションが空白を補う場合がほとんどでしょうし、人気番組であれば、ドラマそのものではなく、事前に新聞のテレビ欄が情報を補うケースが多い。と言うか、新聞に取り上げられるのを計算に入れて、映像内の時間経過を難なくやってみせるのがこうした連続ドラマの手法です。

いっぽう、活字メディアによるサポートを得られない多くの映像作品で広く一般的に使われる手っ取り早い手段は、映像にテクスト（字幕）を投げこんでしまうという禁じ手です。つまり、イメージそのものを提供する映像作品では、物語を俳優という実体をして描かざるをえず、つまり、何の前触れもなく田中裕子が週明けに乙羽信子になってしまったら、観る側は誰だってチャンネルを間違えたと思うでしょう。物語時間の大幅な短絡。これればかりは、映画はそうした小説的（活字的）な手法に頼らざるをえないようです。

その意味では、小説は映画に比べ、あるいは引き延ばしやカットが基本的には許されない音楽に比べ（これを強引にやってしまうのがヒップホップのMCです）、より自由に物語内の時間を操れる芸術分野だと言えます。

原作に忠実な？映画

ここで話を「四月のある晴れた朝に１００パーセントの女の子に出会うことについて」に戻しましょう。

「四月のある晴れた朝に１００パーセントの女の子に出会うことについて」は、山川直人監督により「100パーセントの女の子」という表題で「パン屋襲撃」から一年後の一九八三年に映画化されています。当初予算十万円という厳しい制約の中で、山川監督が映画化にあたってとったのは、一人称で語られる原作通りに、映画の作中人物に物語を語らせてしまう、という方法です。市川準監督の「トニー滝谷」が、あえて語らす必要がない作中人物に物語を語らせ、映像製作への執着心をいまひとつ欠く印象を与えてしまったのに対し、山川監督は、金がないので思い切って素材を生かしながら映画をつくってしまったことにより、結果的には、原作を損なわず、否、原作以上にシュールな映像作品を生み出しました。そして、もうひとつ結果的には、小説の読書時間と映画の鑑賞時間とを比較する格好の材料を提供してくれたのです。

それではさっそく「四月のある晴れた朝に100パーセントの女の子に出会うことについて」を読んでみましょう。まず黙読開始。カチカチカチカチ。

その間に、「トニー滝谷」の章で採りあげたウェイン・ワン監督の「スモーク」をもういちど引っぱりだしてみましょう。

オーギーは、ほぼ原文ママにテクストを読み上げるので、映像内に据えられた物語の時間経過、またテクストの時間経過も、原作に従います。加えて、オーギーのクリスマス・ストーリーを聞くためにデリカテッセンに入ったポールは、いったんオーギーが話し始めると、一方的な聞き役にまわる。オーギーが話すあいだ、ポールの顔にカメラが切り替わる場面もありますが、その顔にはオーギーの声が被されています。つまり、この場のポールは、私たちが「オーギー・レンのクリスマス・ストーリー」を読むのとほぼ同じだけの時間をかけて、オーギーの話を聞きます。オーギー役のハーヴェイ・カイテルは英語の台本を、しかもかなりのスピードで読み上げている。さらに、オーギーの話が終わり、ポールが一瞬その真偽を疑う場面も、こちらは原作の叙述部分にあたり、語りが介入しないこの映画においては差し挟みようがないのですが、葉巻を吹かすポールの表情をゆっくりと捉えることによって、テクストを読むのに近い時間軸が刻まれます。

さて、もう読み終わりましたか？　私が読んで、だいたい三分です。つぎに音読開始。カチカチカチ。

ところで、冒頭の引用部分もまたstory in storyです。ただしこれは、フィクションをノンフィクションぽく見せるための手段ではなく、あくまでも「僕」の想像の産物としてテクスト内に配置されています。作品の前段で、主人公「僕」は「昨日１００パーセントの女の子と道ですれ違ったんだ」と「誰か」に言いますが、「何かしたのかい、声をかけるとか、あとをついていくとかさ」という「彼」の問いに対し、「ただすれ違っただけさ」と返答します。そして「僕」は、そのときどうするべきだったのか思いを巡らし、引用部分の物語を創作します。「僕は彼女にそんな風に切り出してみるべきであったのだ」という作品の最後の一行で、再び場面は創作する「僕」の姿に立ち返ります。

挿入されたエピソードがフィクションであることは、それが「昔々」で始まることによって示されています。「昔々」は、聞き手に向けて、それ（これから始まる物語）が寓話であることを事前に断ります。しかし、この場合の「聞き手」とはいったい誰なのでしょう。前段階では、「僕」は「誰か」

に道で「１００パーセントの女の子」とすれ違ったことを告げています。が、物語内物語においては、そうした「誰か」は存在せず、あたかも「僕」が「僕」自身に物語を語り聞かせているかのようです。すなわちこの作品に向かう読者は、その「僕」が「僕」自身に語っている物語の読み手となります。テクストを黙読するときは、語り手と読み手の関係は一対一ですから、読者は孤独な語り手の孤独な読み手となります。「誰か」が介在しない後段の物語では、そうやって語り手と読み手との密度の濃い交信の効果が狙われます。さらに、場所も状況も「誰か」が誰なのかも特定されない前段の物語に比べ、物語内物語は、「昔々、あるところに少年と少女がいた」と語り始められておきながら、「四月のある晴れた朝」や「原宿」といった具合に物語の背景を指し示すことによって、追って具体的なイメージを読み手に与えていく。逆説的に言えば、読み手はそのことによって徐々に想像の領域を狭められていく――そこもはや「昔々のあるところ」によって、御伽噺を読む子供たちが想像を掻き立てられるような世界ではありません。が、そこにも、読み手を語り手のイメージの内に、じわりと、引き寄せていく効果が狙われます。

果たして、最初からイメージをフルに提示しなくてはならない映像作品において、そうした段階的な演出効果は可能でしょうか。「四月のある晴れた朝に１００パーセントの女の子に出会うことについて」を映画化する際には、極端に言えば、二人が十四年後に再会するまでは真っ白な画面を観客に見せ、その間語る声だけを提示し、「四月のある晴れた朝」になって、ここぞとばかりに映像を導入する、という手も考えられたはずです。けれども、それでは、金を払って映画を観ているのに観客に映画を見せない不埒な映画、と言われても仕方ありません。そこに、映画づくりのジレンマがあります。原作に忠実、とは映画を賞賛するときに使われる安易な言葉ですが、では、観客の立場によりいっそう踏みこんで、原作を読んだときの読み手のモードを忠実に再現する映画は、どれくらいあるでしょうか。観客にしてみれば、原作を初めて読んだときの自分を想起させる映画は、どれくらいあるでしょうか。そこまでいくと屁理屈になりかねませんが、金を出して映画を観る観客は、少なくともそうしたことに対する合理的な期待権を有するのです。

さて、読み終わりましたか？　少し速度を上げて音読すれば約九分。ゆっくり読めば約十一分——これは、映画「１００パーセントの女の子」の実尺でもある！　加えて、音読の場合には黙読の三倍以上の時間がかかることがわかります。たとえば、学校の授業で生徒・学生にテクストを音読させるとしたら、先生自らが黙読に要した時間を基準にすると、その授業の時間配分を致命的なまでに誤ることになります（しかも、つっかえつっかえ読む生徒・学生も中にはいるわけで、手馴れた先生なら誰でも授業で文学作品を読ませる際の時間のやりくりを知っています）。それはそれとして、試しに「トニー滝谷」を音読すると、私のペースで約二十五分かかります。否、二十五分しかかからない、と言ったほうが良いかもしれない。なにしろ、映画は終わるまでに七十五分もかかるのです。そこには映像が持つ圧倒的な情報量も含め、原作にはない余分な情報までもが（ことに映画の終盤部分に多く）刻印されていると見るべきでしょう。

その点において、山川直人監督の「１００パーセントの女の子」は、映画「トニー滝谷」に比べれば断然、作品世界が呆気ないまでに凝縮されている印象があります。たまたま資金的制約で結果的にそうしたつくりになってしまったようですが、この映画は、原作を音読するときの時間感覚をそのまま再現するのです。つまり、それを読んだときの読み手のモードを、読む時間という意味合いでは、忠実に復元してみせる。映画では、「僕」が「誰か」に聞かせる「１００パーセントの女の子」と道ですれ違ったエピソードを、街中の喫茶店で「僕」が友人に聞かせるような最低限の映像的な設定が施されてしまっていますが、それによって観客のイメージを固定してしまっているのは、映像製作における不可抗力として、いたしかたないでしょう。それをさしおいても、その場面が安づくり、かつ、日常的で凡庸な光景の描写であるがゆえに、「僕」の語る非日常的な物語とのあいだに、叙情的な原作にはないシュール性が生まれる。そこに、この映画の見所があります。

が、ここにはもうひとつ、解決されない時間の問題、すなわち、原作の読み手が作品に一対一で対峙したときの黙読時間の問題、が残されています。

わだかまる「時間」の問題

そもそも黙読と音読とでは原理的に読む速度が異なるのですから、言わば読んで聞かせる構造を維持したまま、この映画を黙読の時間（三分間）で刻むのは不能でしょう。もちろん、この映画だけでなく、語りを入れた映画全てにおいて、それ（原作の黙読時間と映画時間のシンクロナイズ）は原理的には不能でしょう。ところが。

ここでいまいちど、ウェイン・ワン監督の「スモーク」に注目してみます。

"It was the summer of seventy-two," he said. "A kid came in one morning and started stealing things from the store. He must have been about nineteen or twenty, and I don't think I've ever seen a more pathetic shoplifter in my life. He's standing by the rack of paperbacks along the far wall and stuffing books into the pockets of his raincoat. It was crowded around the counter just then, so I didn't see him at first. But once I noticed what he was up to, I started to shout. He took off like a jackrabbit, and by the time I managed to get out from behind the counter, he was already tearing down Atlantic Avenue. I chased after him for about half a block, and then I gave up. He'd dropped something along the way, and since I didn't feel like running anymore, I bent down to see what it was.

"It turned out to be his wallet. There wasn't any money inside, but his driver's license was there along with three or four snapshots. I suppose I could have called the cops and had him arrested. I had his name and address from the license, but I felt kind of sorry for him. He was just a measly little punk, and once I looked at those pictures in his wallet, I couldn't bring myself to feel very angry at him. Robert Goodwin. That was his name. In one of the pictures, I remember, he was standing with his arm around his mother or grandmother. In another one, he was sitting there at age nine or ten dressed in a baseball uniform with a big smile on his face. I just didn't have the heart. He was probably on dope now, I figured. A poor kid from Brooklyn without much going for him, and who cared about a couple of trashy paperbacks anyway?

右が、物語内物語をオーギーがポールに向けてデリカテッセンで語り出す場面です。あえて原文を長く引用しましたが、黙読にどれくらいの時間を要したでしょうか。意味のわからない単語で停止せずに、ネイティヴになったつもりでとにかく、がんがん読み進めてみてください。

日本人の私たちで約一分。

映画の中で、オーギー役のハーヴェイ・カイテルは、丁寧に読み聞かせるのではなく、また過去の出来事をつっかえつっかえ思い出すのでもなく、（たった今思いついた話であるかのような仄めかしもあるにはあるのですが）あたかも語りなれた物語のごとく猛スピードで、原作のフルテクストを読み上げるのです。さらに、「トニー滝谷」の章で言及したように、映画のエンド・クレジットでは、オーギーの物語が無音声の映像（トム・ウェイツの歌だけが映像に載っている）によって再現されるのですが、その尺（六分）もまた、オーギーの話す時間（七分）とおおよそ同じ長さです。

「スモーク」では、原作者のポール・オースター自身もその製作にかかわっています。そして、原作が孕む「時間」（物語内の時間とテクストの時間、さらに読書の時間〜読み手がテクストをもとに視覚的イメージを構築する時間）を映像でことごとく再現してみせる、その徹底したリーダー・オリエンティッドな姿勢に、作家としての、激しいまでのこだわりを見ることができるのです。

「四月のある晴れた朝に100パーセントの女の子に出会うことについて」
（『カンガルー日和』1983所収　初出「トレフル」1981・7）

＊1　「テクストの時間」には、テクストを書く時間と読む時間があります。たとえば、「それから三年後」といった記述の場合、物語内の時間は三年経過しますが、書く時間は十秒ほど（もちろんその表現に行き着くまでに何時間も何日も要したなどというケースもあるでしょうが、実際に書く時間はそれくらいという意味です）、読む時間はそれこそ瞬時でしょう。いっぽう、「読書の時間」にはテクストをさらっと読むだけではなく、難解な箇所で立ち停まったり、あるいは読後にその作品について考え続けたりする時間も含まれます。

12　話してもらいたがるスケッチ――「ハンティング・ナイフ」

僕がここに収められた文章を〈スケッチ〉と呼ぶのは、それが小説でもノン・フィクションでもないからである。マテリアルはあくまでも事実であり、ヴィークル（いれもの）はあくまでも小説である。もしそれぞれの話の中に何か奇妙な点や不自然な点があるとしたら、それは事実だからである。読みとおすのにそれほどの我慢が必要なかったとすれば、それは小説だからである。

自分の短編は、おそらくリアリズムの伝統に属するのでしょう。しかし、ただ現実をそのまま語るだけでは面白くない。実際、退屈されるだけです。自分が現実に話す様子や、自分の生活で現実に起こっているありふれた出来事について書かれても、誰もまともに読んでくれません。

小説という「ヴィークル」

どこかしら共通点がありそうな右の二つの発言ですが、前者は村上春樹『回転木馬のデッド・ヒート』に収録された「はじめに・回転木馬のデッド・ヒート」からの引用、また後者は『レイ、ぼくらと話そう』に収録されたレイモンド・カーヴァーへのインタビュー「信じられる世界を描く」（鈴木淑美訳）からの引用です。両者ともに自らの作品世界について触れていますが、ただし、村上のその言及は「回転木馬のデッド・ヒート」という作品集にかかわる特殊な事情で、いっぽう、カーヴァーのそれは、自らの作品群全体にわたる書き手としての姿勢の表明です。

結論から言えば、『回転木馬のデッド・ヒート』に収録された村上春樹の八つの短篇はいずれも、カーヴァーの作品世界に近い。つまり、何か「奇妙な点や不自然な点」がありますが、その理由を考えると、それが事実を素材にしているからではないか（だから、小説の一般的な文法には則していないのではないか）と、思えてきます。そのうえで。

カーヴァーは創作にあたって、「（現実をベースにそれを）そのまま語る」のでは読者を引きつけないとして、「自分が現実に話す様子」や「自分の生活で現実に起こっているありふれた出来事」は排除すべきだと説きます。それを村上の言辞に当てはめれば、「他人の話を聞くことが好き」（「はじめに・回転木馬のデッド・ヒート」）な村上には「自分の生活で現実に起こっているありふれた出来事」ではない出来事がストックされ、それらを「自分が現実に話す様子」ではなく、小説という「ヴィークル（いれもの）」に入れて表現したのが、作品集（スケッチ集）『回転木馬のデッド・ヒート』ということになります。作家のビへイビアから見ると、カーヴァーは物語を書くためにそうした出来事を探し求めていたわけであり、かたや村上はたまたまそうした出来事が溜まってきたときにそれらは「話してもらいたがっている」（同）ように感じられ、この作品集を編むことになった。つまり、カーヴァーが物語を成立させるための作家としての過程（能動的なアプローチ）を語っているのに対して、村上は『回転木馬のデッド・ヒート』に収録された一連の作品それ自体の偶発的で受動的な成立過程を語っています。が、いずれも、事実を小説というヴィークルに入れて表現する、というその共通の方法によって、結果的には両者の作品が近親的なかたちでアウトプットされるであろうことは、容易に想像できます。

それでは、その小説という「ヴィークル」とはいったい何なのでしょうか。『回転木馬のデッド・ヒート』に収録された「ハンティング・ナイフ」をもってそれを検証するのが本章の所期の目標です。

ブイの上には思いがけなく先客がいた。ブロンドの髪のみごとに太ったアメリカ人の女だった。ビーチから眺めたときにはブイの上には人の姿がないように思えたのだが、それは彼女がブイのいちばん奥の端に寝転んでいたので、目につきにくかったせいかもしれない。あるいは僕が見たとき、彼女はたまたまブイのかげになったあたりを泳いでいたのかもしれない。でもいずれにせよ、彼女はブイの上にうつぶせになって寝転んでいた。彼女はよく畑に立っている農薬散布注意の旗みたいなひらひらとした赤い小さなビキニを身につけていた。彼女はほんとうにまるまると太っていたので、ビキニは実際以上に小さく見えた。泳ぎに来て間もないらしく、肌はレターペーパーのように白かった。

三十代間近の夫婦（「僕」と「妻」）は休暇で海にでかけ、同じコッテージのとなりの部屋に滞在する親子と会釈をする程度の間がらになる。ある夜、眠れない「僕」がガーデン・バーに行くと、そこには隣室の息子（「僕」とほぼ同年齢）がいて、彼はそもそも車椅子で生活をしているのだが、ポケットから狩用のナイフをとり出し、その品定めを「僕」にしてほしいと言う。「何かを切ってみていただけませんか？」という彼の要求に、「僕」は近くのやしの木の樹皮を切り落とす。そして、

僕は目につくまわりのものをかたっぱしから切り裂きながら、ふと昼間ブイの上で会った太った白い女のことを思いだした。彼女の白くむくんだ肉体が、疲弊した雲のように空中に浮かんでいるような気がした。ブイや海や空やヘリコプターが遠近感を失ったひとつのカオスとして、僕のまわりをとりかこんでいた。僕は体のバランスを失わないように気をつけながら、静かにゆっくりと、ナイフを空中にすべらせた。夜の大気は油のようになめらかだった。僕の動きをさえぎるものは何もなかった。夜は深く、時はやわらかな汁気のある肉体のようだった。

というのが、「ハンティング・ナイフ」のほぼエンディングです。「彼女の白くむくんだ肉体が、疲

弊した雲のように空中に浮かんでいるような」「夜の大気は油のようになめらか」「夜は深く、時はやわらかな汁気のある肉体のよう」といった一連の比喩により、明らかにそれが小説という「ヴィークル」をもって語られていることがわかります。

なぜ「アメリカ人」だとわかる？

ところで、先の引用では、なぜ「僕」はブイの上の先客が、アメリカ人の女であることがわかったのでしょうか。どう読んでも二人は初対面であり、しかも「僕」は、女と会話を交わす前に（その言葉の特徴を知る前に）、彼女がアメリカ人だと言っています。

欧米の小説には、往々にしてこうした前触れのない人種断定が現れます。「店内ではイギリス人の客がひとり、女にでも贈るのか、ネックレスのショーケースを覗きこんでいた」などという文章はきっと誰でも見覚えがあるでしょう。気になる。気になると、ストーリー全体には何ら影響のない箇所なのに、突如読む速度が落ちます。その一文、あるいはその周辺に、客がイギリス人である証を探そうとするからです。ショーケースを覗く腰の曲げ方でアメリカ人とイギリス人の区別がつくのか、この国では宝飾店でひとり女への贈り物を物色するのはイギリス人に他ならないのか、背の低い男は便宜上すべてイギリス人と呼ぶのか、あるいは、描写はされていないが、その客の着ているものがいかにもイギリス人紳士風なのか、はたまた客はTシャツを着ていてそれに「イギリス人！」と書かれているのか、天気が良いのに傘を持っているのか（なら、ちゃんとそう書いてくれよな）などと、不親切きわまりないテクストのおかげで、あらぬことも含めさまざまなことを考えさせられてしまいます。「バスデポは仕事にあぶれたスラブ人たちで溢れかえっていた」。困ります。実に困ります。ただしその程度であれば、バスデポはオリエンタルな人々で満たされていてスラブ語が飛び交っていたのではないか、くらいの想像はつきます（しかし、どうして彼らが仕事にあぶれていると一瞥しただけでわかるのでしょう?[*1]）。

そうした人種識別においてとりわけ、人種の坩堝、否、サラダボウル[*2]の中にあるアメリカ人を見分けるのは困難を要します。一九八〇年代、サン・フランシスコで暮らし始めたその日に、私はユニオン・スクエアで白人の男に道を訊ねられました。英語のイントネーションから彼は明らかにアメリカ人でしたが、とすると私は？　そのときの彼にとっては私もやはりアメリカ人だったのです。もちろんそこがサン・フランシスコではなくヨーロッパのどこかの街角だったら、私がアメリカ人だと思われる可能性は百パーセントないでしょうし、いかに人種間混交が進むアメリカとは言え、典型的な「アメリカ人」のイメージはいまだにあります。しかし、日本人の目はそれをどうやって識別できるでしょうか。ことに、アメリカではない土地にいる白人の女性をどうやってアメリカ人だと断定できるでしょう――「ハンティング・ナイフ」の「僕」はどうしてブイに寝そべる女がアメリカ人だとわかったのでしょうか。ちなみに、女はほとんど裸に近い格好なので、シアーズ・ローバックで買ったような、縫製がいかにも悪いアメリカ風な服を着ているわけでもないですし、Tシャツに「アメリカ人！」と書かれているわけでもありません。

①近くに米軍基地があるので、あたりでみかける白人はひとまずすべて「アメリカ人」である。

②太った白人の女はすべてアメリカ人であると、「僕」は無意識のうちに決めつけている。

③「僕」は、外国人を見るとすべからく「アメリカ人だ！」と断定するような時代に育った。

テクスト的に判断すれば、「僕」がブイの上でその「ブロンドの髪のみごとに太ったアメリカ人の女」に出会う以前に、「ブイの上空は米軍基地にむかう軍用ヘリコプターの通りみちになっていた」とあるので、その因果関係をテクストが読み手に向けて指し示しているのだとしたら、答えは①ということになります。けれども、深読みする読者は、米軍基地があるからと言って、ヨーロッパからの観光客がないとは言い切れないのではないか、と難癖をつけたがるでしょう。そもそも、女を見た瞬間ではなく、そこは「ブロンドの髪のみごとに太った女だった」と人種特定を回避しておき、いずれにしても追って「僕」とその「女」は会話を交わし、また彼女がそこにいる背景も明らかにされるのだから、その時点で「アメリカ人」であることを明かせばよい（あえて「アメリカ人」と言わなくても、会話や描写からアメリカ人であることを仄めかせばよい）ではないか、と考えたくなります。否、それ以前に、この作品において、彼女が「アメリカ人」である必然性はいったいどこにあるのか（現に、引用の後段で「僕」は、「ふと昼間ブイの上で会った太った白い女のことを思いだした」とだけ振り返っており、アメリカ人とは言っていない）、あえて人種特定をして読者を混乱させる意味をはかりかねる、とも考えたくなります。

そこに、テクストの染みとして、②③の可能性が浮上してきます。

もし、ブイの上に寝そべっていたのが、ブルネット髪のスレンダーでこんがり日焼けした女性だったら、はたして「僕」は、彼女がアメリカ人であることを認められたでしょうか。つまり作者は、「ブロンドの髪のみごとに太った女」＝「アメリカ人」というある種の偏見をもっており、それがテクスト上において無意識のうちに語り手にそう語らせしめた、とも読めます。

また、今となっては信じられない話かもしれませんが、昭和三十年代、四十年代には（私は知りませんが、おそらく昭和二十年代にはもっと強く）、町で白人を見かけると「アメリカ人だ！」と叫ぶような性向が日本人には確かにありました。あるいは、そうした歴史的背景が無意識のうちに語り手をして女を「アメリカ人」だと断定させているのではないか、とも読めるのです。

ここで、二人の会話にも注目。

「毎日いつもこんなに暑いのかしら？」と女が僕に訊ねた。
「そうですね。ずっとこんなものだな。今日は雲がまったくないから、そのぶん暑いことは暑いけれど」と僕は言った。
「長くここにいるんでしょ、あなた？　すごくまっ黒に日焼けしているものね」
「九日、かな」

'Is it such hot everyday here?' she asked me.

'You're right. It has been such hot like this. I feel even hotter today, because there is no cloud,' I said.

'You've been here for a long time, haven't you? I mean, you're so dark.'

'Nine days, I believe.'

実際に彼らはどんな英語で話していたか、ざっくり翻訳してみると、そんなあたりでしょうか。翻訳したものを、もういちど日本語に訳しなおしてみます。

「ここって毎日毎日こんなに暑いの？」と彼女が僕に訊いた。

「あなたの言う通りです。ずっとこれくらい暑いですよ。今日は雲ひとつないので、いつにもまして暑く感じられますけど」と僕は言った。

「あなたは長いことずっとここに滞在なすって？　いえ、すごくよく焼けてらっしゃるものだから」

「九日、になります」

さて、どちらが、英語の会話らしく見えるでしょうか。

二人は英語で会話をしていたわけですから、ここでは本来英語であったものが翻訳されて読み手の前に提示されているということになります。けれども、二人の翻訳された語り口は、主語が省略されていたり、また、これみよがしに文末に「あなた?」がつけ加えられていたり、あたかも二人は日本語で会話をし、それを英語ぽく見せかけるために小細工が施されたかのようです。あるいは、会話のその場面において「僕」はすでに日本語で思考していたという可能性もありますが、ことに「太った白人女」の語り口にはたとえば、「まあ、なんて感動的なんでしょう! ねえ、シカゴに戻りましょうよ、トム。あしたにでも!」(『グレート・ギャツビー』村上春樹訳)といったような、アメリカ人らしさが乏しい——ここでも、その女がアメリカ人であることの必然性は強調されません。

なぜ「アメリカ人」でなくてはならなかった?

では、作品の前半部分でこの女を登場させる理由はいったいどこにあったのでしょう。それはとりもなおさずエンディングで、ナイフで宙を切る「僕」が、「ふと昼間ブイの上で会った太った白い女のことを思いだした。彼女の白くむくんだ肉体が、疲弊した雲のように空中に浮かんでいるような気がした」と、車椅子の「彼」にナイフを差し出された「僕」のストーリーを、ただナイフを振り回すだけではなく何かべつのものに向けさせるため、つまりストーリーとストーリーとをリンクさせるためです。現実においては、たまたま昼間目にした光景が、たまたま夜手にした「ナイフ」を媒介に甦る、そう都合よくストーリー同士が繋がることは滅多にないでしょう。そこに、比喩などの小さな「ヴィークル」とはべつの、大枠としての、小説の「ヴィークル(いれもの)」の存在を見てとることができます。その意味では、「僕」がブイの上で出会ったのは、「ブロンドの髪のみごとに太った女」がアメリカ人である必要があったのかもしれない。なぜなら、彼女が日本人であった場合を想像してみてください。最後に、「僕」が何かを思い描きながらナイフをかざすのが、「黒髪の痩せた日本人の女」であったら、対象と読み手の距離が一気に縮まり、そこには生身の（身体的な）殺意さえ芽生えてきます。アメリカ人の、太った女であったからこそ、あくまでもイメージとして「僕」はナイフをかざすのであり、読み手もイメージとして「僕」の行為を受けとめる。そうした前提においては、たとえ女がアメリカ人らしく話さなくても、彼女が太ったアメリカ人であることが、何らかのかたちで提示されさえすればよかったのです。

しかしそこには、女が日本人ばかりでなく、中国人でも韓国人でもロシア人でもドイツ人でもあってはならぬ、という暗黙の了解があります。つまり、「米軍基地」という作品の後背地をして、語り手が無意識のうちに抱えてしまっている歴史的な占領感、あるいは、アメリカ人に対する語り手／読み手双方のコンプレックスが意識下にまだ生きる時代のテクストとして、彼女はアメリカ人でなくてはならなかったようであり、そうした無意識が、いきなり彼女はアメリカ人と断定するまさにその瞬間に、テクストの表面に立ち現れるかのようです。

さもなければ、残る可能性はひとつ。初対面の女をアメリカ人と断定する場面では、語り手が語る現時点においてすでに掌握している過去の情報が、何の前ぶれもなく読み手に差し出された、と考えるしかないでしょう。時間軸に沿って語られるこの物語において（また、同様の断定が現れる多くの欧米小説においても）、そうした行為は軽挙ともとられかねませんが。

さて、最後に。

冒頭に引いたカーヴァーの創作作法は広く「ミニマリズム」として知られています。自分の目の前にあるものを短い文章で淡々と写しとるかのようなその技法は、作中人物の内面には一切触れられず、読み手はテクストのあるがままをいったん受け入れ、そこからイメージを膨らますことを、言わば課題として差し出される。まさに、「読みとおすのにそれほどの我慢が必要なかったとすれば、それは小説だから」なのですが、読み通した後に、読み手は引き続き自分の頭の中で作品を読み続けなければならない。それも無論「読書の時間」です。そうした「引き延ばされた読書時間」を提供するという意味では、『回転木馬のデッド・ヒート』に収録された作品は、村上はあえてそれを〈スケッチ〉と呼びますが、いずれもミニマリズム小説と言えます。〈スケッチ〉が「話してもらいたが」るとき、そこにはすでに読み手の幻影が作者の眼前を横切り、そして、〈スケッチ〉から一枚の絵画を描き上げるかのような創作行為をもって、やがて読み手へと届けられるでしょう。

「ハンティング・ナイフ」（『回転木馬のデッド・ヒート』1985所収　初出「In・Pocket」1984・12）

＊1　語り手が天空にある場合のトリックについては「番外3」を参照。

＊2　多様な人種が共存するアメリカ社会は長く「人種のるつぼ Melting Pot」と呼ばれてきましたが、多文化主義 multiculturalism が浸透してきた昨今は、サラダがそれぞれの具が個性を発揮しながらひとつの結合体になることに喩えられ、「サラダボウル Salad Bowl」とも呼ばれます。

13　ブラジャーをはずす女――「蜂蜜パイ」

その日曜日の夕食を、三人はいつものように小夜子の阿佐ヶ谷のマンションで食べた。小夜子が『鱒』のメロディーをハミングしながらパスタを茹で、トマトソースを解凍し、淳平がいんげんと玉葱のサラダを作った。二人は赤ワインを開けてグラスに一杯ずつ飲み、沙羅はオレンジ・ジュースを飲んだ。食事の片づけを済ませたあとで、淳平はまた沙羅に絵本を読んでやった。読み終わると沙羅が寝る時刻になっていた。でも彼女は眠ることを拒否した。

「ねえママ、ブラはずしをやって」と沙羅が小夜子に言った。

小夜子は赤くなった。「駄目よ。お客様がいる前でそんなことできないでしょう」

苗字の恣意性

「小夜子」が服を着たままブラジャーをはずすシーンは、「納屋を焼く」の「蜜柑むき」同様、物語のメイン・プロットがどのようであったのかを忘却してしまうほど、「蜂蜜パイ」でつとに印象が残る箇所です。

その「蜂蜜パイ」は、『地震のあとで』と題された連作として「新潮」に一九九九年後半に掲載された五つの短篇が二〇〇〇年に短篇集『神の子どもたちはみな踊る』として単行本化されましたが、その際に書き下ろしとしてあらたに収録された作品です。

『神の子どもたちはみな踊る』に収録されたそれら六つの物語はいずれも語り手が天空に配され、またまえがきやあとがきもなく、つまり、語る「僕」がいちども現れない、村上春樹らしからぬつくりとなっています。

六作品の主人公の名をそれぞれあげていくと、「UFOが釧路に降りる」＝小村、「アイロンのある風景」＝順子、「神の子どもたちはみな踊る」＝善也、「タイランド」＝さつき、「かえるくん、東京を救う」＝片桐、そして「蜂蜜パイ」＝淳平・小夜子・沙羅、です。男→女→男→女→男ときて、最後が男女＋少女となります。苗字→名前→名前→名前→苗字→名前・名前・名前、でもあります。そして本の表扉には、ドストエフスキー『悪霊』とともに、ジャン＝リュック・ゴダールの『気狂いピエロ』から、つぎの一節が引かれています。

〈ラジオのニュース〉米軍も多大の戦死者を出しましたが、ヴェトコン側も一一五人戦死しました。

女「無名って恐ろしいわね」

男「なんだって？」

女「ゲリラが一一五名戦死というだけでは何もわからないわ。一人ひとりのことは何もわからないままよ。妻や子供がいたのか？　芝居より映画の方が好きだったか？　まるでわからない。ただ一一五人戦死というだけ」

無論それらも、この短篇集のテクストの一部です。さらには、『地震のあとで』は、本のカバーや目次には一切現れませんが、巻末の初出一覧で、収録作品が「連作『地震のあとで』」として「新潮」に掲載され、書き下ろされた「蜂蜜パイ」も連作の「その六」であることが知らされます。これもまたこの短篇集のテクストの一部です。怠惰な機械であるテクストはあらゆるアプローチをもって、作品を読むにあたっての読者の共同作業を求めてきます。そして、この短篇集で読者がまず読み解かなくてはならないのは、奥付近くでひっそりと関連性が暗示される阪神淡路大震災と作品のつながり、よりも、表扉でこれみよがしに告げられる無名性の問題でしょう。

30歳を過ぎてまもなく小夜子は妊娠した。彼女はそのとき大学で助手をしていたのだが、休暇をとって女の子を出産した。三人がそれぞれ子どもの名前を考え、淳平が提案した「沙羅」という名前が採用された。音の響きが素敵だわ、と小夜子は言った。

右の引用で「三人」とは、「淳平」と「小夜子」、それに「小夜子」の夫であって大学生時代からの「三人組」の一人、「高槻」です。「高槻」だけでなく、「淳平」も「小夜子」が好きだったのですが、「小夜子」は「高槻」と結婚し、しかし二人の子どもの名づけ親には「淳平」がなります。

ここでいったん、あなたの名前について考えてみましょう。

あなたの名前がたとえば佐藤花子だったとする（と、この時点で私は読者を女性と仮定することになり、それも言わばテクストの戦略となりますが）。

苗字の「佐藤」は自分の意思によって簡単に変えられるものでもなく、したがってそこには何の意味も籠められていません。あなたの外見や職業から（相撲とりや歌舞伎俳優は別にして）、あなたが「佐藤さん」であると判断できる根拠もどこにもない。初対面の人からいきなり「あなたはきっと佐藤さんでしょ」と言われたとしたら、あなたは普通「以前どこかでお会いしましたっけ」と返すのであって、「やはりわたくしは佐藤に見えますか」とは言わないでしょう。つまり、ようやく言葉を発せられるようになった赤ん坊が犬を見て突然「イヌ！　イヌ！」と叫ばないのと同様、あなた自身のうちにあなたが「佐藤」である根拠は、ない。否、あなたの先祖を代々遡り、最初に佐藤という姓が誕生した時点ではそうした根拠があったのでしょうが、少なくとも日本でいちばん多い姓となった今になっては、ない。それが、苗字の恣意性です。ところが名前となると、決して恣意的ではない。そこには確実に、意図があります。すなわち、花のように美しく咲いてほしいから花子、とか、生まれた時に庭に花が咲き誇っていたから花子、とか、あなたの名前には必ず何らかの蘊蓄、あるいは命名者の希望が籠められているはずです。

さてそれでは、小説の中に現れる固有名詞は、いったいどちらでしょう。苗字と同様恣意的なのか、あるいは名前のように意図があるのか。

その前に。

あだなの比喩性

現実世界でも、また物語世界でも頻繁に使われる「あだ名」について考えてみましょう。

命名が命名者の意思によって行われるのに対して、あだ名は、あだ名をつけられる当人の風貌や性格をもってつけられます。その意味では、あだ名は「比喩」表現で、たとえばあなたが「りんごちゃん」と友だちから呼ばれれば、あなたはきっと頬がりんごのように赤いか、あるいはりんごが死ぬほど好きなのでしょう。あなたの頬がりんごのように赤ければ、それは「りんご」との類似性からつけられたあだ名で隠喩となり、またあなたの身体の特定の部分であなたの全体が「りんご」と呼ばれれば、それは提喩になる。はたまた、あなたがいつもリンゴの絵が書かれたトレーナーを着ているから「りんごちゃん」と呼ばれるのだとしたら、それはあだ名とあなたとのトレーナーの隣接性によって換喩となる。

国語学者の佐藤信夫先生によれば、文学作品に見るあだ名で、隠喩型の代表例は「白雪姫」（雪のように肌が白い）であり、換喩型は「赤ずきんちゃん」（いつも赤い頭巾をかぶっている）、提喩型は「青ひげ」（その人の身体の一部がその人全体を表す）ということになります（『レトリック感覚』）。この際、換喩型と提喩型は、便宜的にその人物の身体の一部、ないしは身につけているもの自体をその人の印（イコン）として用いるものですが、いっぽうで隠喩型では、その人の性格や特徴が、あだ名によって客観的事実として浮かびあがる（その典型的な例として、「野ブタ。」をあげることができます）。小説においては、この、あだ名で言うところの、「隠喩型」固有名詞に出会う機会が多くあります。

時代小説で「おきぬ」「おしず」「おゆき」と言えば、すぐさま美人を思い浮かべるでしょうし、それらを現代小説に転じて「絹子」「静子」「雪子」としても、やはり色白の美しい女を思い描くでしょう。いっぽう、「小六」や「助八」といった名には、「小」や「助」から町人（小市民）を連想するでしょう。また、海外の文学に目を向けると、たとえばジェイムズ・ジョイス作品の代表的登場人物であるスティーヴン・ディーダラスは、すぐさまギリシャ神話の名工匠を思い起こさせ、『若き芸術家の肖像』における彼の成長過程はまさに、クレタ島に迷宮をこしらえた、そのイカロスの父が象徴されていると、しばしば指摘されます。

さて、そのうえで、『神の子どもたちはみな踊る』の登場人物たちの名前をいまいちど見てみましょう。

先の引用で、「小夜子」と「高槻」の子の名づけ親になった「淳平」には、その子を「沙羅」とする何かしらかの動機があったはずです。けれどもそこでは、「小夜子」が「音の響きが素敵だわ」と言うだけで、「淳平」の心のうちは明かされない。ところで、この作品では、もうお気づきの通り、四人の登場人物のうち唯一、「高槻」は苗字です。「小夜子」の夫であり、「沙羅」の父であり、「淳平」の学生時代からの親友である彼だけが、物語内においては、恣意的な名前（「高槻」という苗字）しか与えられていない、ということになります。それが、先に物語の主人公を三人とした理由でもあります。

ちなみに、「ＵＦＯが釧路に降りる」では、主人公の「小村」以外に、「佐々木」「シマオ」といった登場人物がおり、唯一「小村」の妻だけは「妻」や「彼女」と呼ばれ続けられますが（言ってみれば、彼女も「小村」です）苗字と名が入り乱れることはありません。「アイロンのある風景」では主人公「順子」に対し彼女の同棲相手は「啓介」、二人以外には「三宅さん」という苗字の登場人物がいます。さらに「タイランド」では主人公の「さつき」以外に、タイ人の「ニミット」（「さつき」をしてその男の名が「ファーストネームなのかラストネームなのか、それもわからない」とされる）、アメリカ人の「ジョン・ラパポート」（作品集の中で唯一フルネームが現れる）が登場します。「かえるくん、東京を救う」では主人公の「片桐」の他の人類としては、弁護士の「白岡」がいます。そして、表題作である「神の子どもたちはみな踊る」にはつぎのような一節があります。

母に会ったとき、田端さんは言った。
かくも厳格に避妊をしていながら、あなたはなおかつ妊娠なさった。それも三度もつづけて妊娠した。偶然の事故だと思われますか？　私はそうは思いません。三度かさなった偶然は、もはや偶然ではありません。三というのはまさに『お方』の顕示の数字なのです。言い換えるなら、大崎さん、『お方』があなたに子どもをもうけることを求めておられるのです。大崎さん、それは誰の子どもでもありません。天におられる方のお子さまなのです。私は生まれてくる男の子に善也という名前をつけましょう。田端さんの予言通りに男の子が生まれ、善也と名付けられ、母親はもう誰ともまぐわうことなく、神の使いとして生きることになった。

キリスト生誕のエピソードがなぞられているようですが、神の使いとなるのは、生まれてきた男の子・善也ではなく、マリアたる母親のほうです。が、いずれにせよ、この作品集には名前に対する強いこだわりがありそうです。が、どの名前も、物語上においては少なくとも、「おきぬ」や「小六」、スティーヴン・ディーダラスといったような隠喩性は感じられません（強いて言えば、「蜂蜜パイ」の「小夜子」が、その名から美しさを漂わせています）。

しかし隠喩性がないことがイコール恣意的、とはなりません。なぜなら、いずれの名前にも「ありきたり」という確かな意味があるからです。したがって、先に「蜂蜜パイ」において、「高槻」だけに恣意性が見られると言いましたが、それはあくまでも物語内の他の固有名詞との相関関係における意味あいであり、作品を外部から眺めれば、「高槻」も「小夜子」も「淳平」も「沙羅」も一様に、「ありきたり」という意味を持ち、作者が「ありきたり」の人物にするという意図をもって彼らを命名したわけですから、全員に恣意性はない――となれば、そもそも小説の登場人物たちには絶えず命名者が存在しており、原理的には彼らのあらゆる名に恣意性はない、という自明の結論が導き出されます。「小村」も「順子」も「さつき」も「片桐」も、そしていわくありげな「善也」さえ、「ありきたり」が意図されたものとして同じひとつのグループに属します。

ところで、「ありきたりの名前」を言い換えれば、つまり「無名性」ということになります。どこにでもある名前であるがゆえにそれは、誰をも特定しない、という意味での無名性です。しかしながらいっぽうで、その無名性が有名性に転じる場合もある。たとえばあなたは「ミコ」という名（愛称）を聞いた時に、どのような女性を想像するでしょうか。中高年以上の方であればたちまち、顔に包帯を巻いた女性、薄命な女性、愛を生き尽くした女性を思い浮かべるに違いありません。[*1] もともと「ミコ」（大島みち子）は「小夜子」や「さつき」と同様に「ありきたりの名前」であったはずです。けれどもそれは、やがてそうした女性像をコトバの内に帯びることになります。帯び始めるまさにその瞬間に、「ミコ」という音は、「マコ」とも「カコ」とも「チャコ」とも区別される、意味するもの（シニフィアン）となります。その音から想起されるのが、顔に包帯を巻いた女性、薄命な女性、愛を生き尽くした女性、などの意味されるもの（シニフィエ）です。さらに、これらふたつのつながりによって生成されるもの、それが記号（シーニュ）です。ところが、「ミコ」が広く知れ渡るとともに、「ミコ」という音は、心的な操作（想起）を伴わずダイレクトに、顔に包帯を巻いた女性、薄命な女性、愛を生き尽くした女性へとつながり始めます。その時点でもはや「ミコ」は記号ではなくなるのです。

さて、「蜂蜜パイ」の主人公「淳平」は作家です。その職業を続ける限り彼は永遠に命名権者でもあります。そして、その権利を行使するかのように彼は、自分の書く物語ではなく、友人の「高槻」と「小夜子」の娘に命名をします。それに対して、あたかもその名が恣意的であるかのように、「淳平」は根拠を語らず、「小夜子」もまた「音の響きが素敵だわ」と言うに留まる。が、娘に「沙羅」という名が与えられた瞬間は、同時に、この物語の内にあらたな登場人物が生まれ、「ありきたり」という意図をもって作者がそれを「沙羅」と命名した瞬間でもあります。その名は、物語内では恣意性を振る舞いながらも、テクストにおいては作者によって意図されているのです（恣意性はない）。そこにこの作品の、「書く」ことに対するパロディとしての要素が隠されています。

加えて、娘が「沙羅」と名づけられた瞬間は（公式には役所に出向くまでの間は）、その名は交換可能です。そのときは音の響きが良く感じられても、翌日になるとどうも泣き顔が「沙羅」にはそぐわない、などと別の名が検討されるケースは頻繁にあるでしょう。ところが、小説においては、いったんその娘が「沙羅」と名づけられてしまえば、もはや他の名前との交換は不能なのです。「沙羅」という名が物語において「高槻」と「小夜子」の娘を表すと規定されてしまえば、「沙羅」はその瞬間にすでに「沙羅」なのであり、その後もずっと「沙羅」であり続けるしかない。裏を返せばそれが、小説における登場人物の名に恣意性はありえないことの証でもあります。

凡庸な名前の声高な主張

名前がある本質を表すとき、その名はいくらでも交換が可能です。なぜなら、本質はひとつだけとは限らない。しかし、ものとその名前との関係が恣意的であればあるほど、交換は不能になります。もし、イヌが「イヌ」でなく「ワンワン」であったら、それを英語標準に統一し「バウバウ」とすることも可能でしょう。また突如世界中のイヌが凶暴化したとしたら、それを「キョウボウ」とすることも可能でしょう。けれども、恣意性をもって（必然性なく）「イヌ」と呼ばれるあの動物を、明日から「バウバウ」と呼ぼうとしても、そこには、そう呼びなおすことの必然が想起されない。たとえ凶暴化したとしても、イヌは「イヌ」という既成のコトバの内に凶暴性の意味をまとわねばならないのです。

さて、「無名って恐ろしいわね」というゴダールの引用は、他ならぬ恣意性としての名前を表していいます。たとえゲリラ一一五人それぞれに名前があったとしても、「佐藤」や「鈴木」や「中村」と同じ類のものであれば、それらは依然無名のままです。しかし、そこに何らかの恣意的ではないもの、意図されたものを投入できるとすれば、それがすなわち物語の特権です。

『神の子どもたちはみな踊る』に収録された六つの短い物語は、その意味において、創作という芸術活動が、ありふれた名前という凡庸性の中に、それら登場人物たちの物語を投影しうることを示しています。そしてそのことを礎《いしずえ》に、阪神淡路大震災でただ名前だけの膨大な死傷者リストを突きつけられたときに、村上春樹がとりえた小説家としての行動が「ノンフィクション」ではなく「小説」であったことを、『神の子どもたちはみな踊る』に収められたあらゆるテクストは、読み手に伝えるのです。言うまでもなく、表題作「神の子どもたちはみな踊る」での名前へのこだわりは、「善也」という特定の名前へのこだわりではありません。それはテクストそのものによる名前へのこだわりの表明であり、ただし名前そのものではなく、「善也」という珍しくはない名前に物語が付着しているように、そこに恣意的ではないものを注入する物語へのこだわりを、名前へのこだわりを通して表明するのです。

そうした策略において、これら凡庸な名前の数々は、意味するもの（シニフィアン）と意味されるもの（シニフィエ）のつながりを維持することの不能を予め宣誓し、換言すれば、『神の子どもたちはみな踊る』の六つの物語は、そうした通俗に堕する瞬間の生成さえも拒むかのように、あえてありふれた名前の人々の、あえて劇的ではない日常、ないしは非日常を淡々と語り続けることを目論むのです。

さて、最後に冒頭の引用に戻りましょう。「ブラはずし」[*2]のインパクトが強すぎて、ついつい見逃しがちになりますが、それ以前に引用部分でとても気になることがあります。「小夜子」と「高槻」は離婚することになり、「小夜子」は高円寺の分譲マンションに住み続けます。「週に一度、高槻は沙羅に会いに高円寺に行った」のですが、それから二年が経ったころ「淳平」は夕食を「小夜子の阿佐ヶ谷のマンションで食べた」とあります。引っ越しの前ぶれはなかったようですが、どうして分譲マンションを手放したのか、引っ越すなら「沙羅」のこれからも考え、隣駅ではなくなぜもっと郊外にしなかったのか、気になると言えば、ブラはずしよりも、俄然気になります。

「蜂蜜パイ」（『神の子どもたちはみな踊る』2000 所収）

＊1 「愛と死をみつめて」。原作は大島みち子・河野実で一九六三年のベストセラーです。吉永小百合・浜田光夫主演で一九六四年に映画化。リメイクもされているので、若いみなさんにも馴染みのある作品かもしれません。

＊2 この場面では、小夜子はセーターを着たままブラジャーをはずし、それをまたつけます（覚えていますか？）。彼女はずるをして着脱時間、否、脱着時間の新記録をつくります。

14　メタフィクションの作動――『東京奇譚集』

僕＝村上はこの文章の筆者である。この物語はおおむね三人称で語られるのだが、語り手が冒頭に顔を見せることになった。昔風の芝居みたいに、カーテンの前に立って前口上を済ませ、お辞儀をして引き下がる。わずかな時間のことなので、我慢しておつきあいいただければと思う。

どうして僕がここに顔を出したかというと、過去の僕の身に起こったいくつかの「不思議な出来事」について、じかに語っておいた方が良いだろうと思ったからだ。実を言うと、そういった種類の出来事が僕の人生にはしばしば起こった。あるものは意味を持つ出来事であり、人生のあり方に多少なりとも変更をもたらすことになった。またあるものはとるに足りない些細な出来事であり、それによって人生がとくに影響を受けるということはなかった――たぶんなかったと思う。

メタフィクションの基本構造

短篇集『東京奇譚集』の冒頭作「偶然の旅人」はそのように書き出されます。アメリカの女性作家アン・タイラーの代表作にも、同名の長篇『偶然の旅行者 *The Accidental Tourist*』（一九八五）があります。

当初はその海岸に一週間滞在するはずだった。けれども、二人とも心はそこになく、早々に引きあげることにした。メコンが運転した。サラは彼の横で頭を窓ガラスにもたせかけていた。彼女のもつれた茶色い巻毛のすき間から、どんよりした空の切れはしが覗いていた。

というのがその出だしです（筆者訳）。

偶然表題が重なっただけで、二作品のあいだには間テクスト性はありません（「サラ」と「蜂蜜パイ」の「沙羅」はなぜか共通していますが）。けれども私たちは、それらふたつの物語が、まるで異なるスタイルによって書き出されていることに気づくでしょう。

語りの前面に語り手が現れ、テクストの外部で読み手に直接語りかけるような語りの手法をもった物語を、メタフィクションと呼びます。語り手がその物語についてじかに言及することから、フィクションについてのフィクションとも呼ばれます。ロレンス・スターンの『トリストラム・シャンディ』がその起源とされ、アンドレ・ジイドの『贋金使い』が代表作とされますが、現代の私たちにとってもっとも身近なのは、一九六〇年代から七〇年代にかけて、ジョン・バース、カート・ヴォネガット・ジュニア、ドナルド・バーセルミ、トマス・ピンチョンらによって隆盛を極めたアメリカの、いわゆるポストモダン小説群でしょう。

➡この本をわたし自身はどう思っているか？　ひどい出来だという気がするが、自分の本をひどい出来だと思うのは毎度のことだ。あるとき、友人のノックス・バーガーがあるたどたどしい長篇小説を評して、「……まるでフィルボイド・スタッジが書いたみたいだ」と、いったことがある。

（カート・ヴォネガット・ジュニア『チャンピオンたちの朝食』浅倉久志訳）

『チャンピオンたちの朝食』の「まえがき」で、フィルボイド・スタッジはそのように「前口上」を述べます。これに続く「Chapter 1」以降は、語り手は天空の位置から物語を語ります。この際、フィルボイド・スタッジとは無論作者カート・ヴォネガット・ジュニアによって設定された発話主体（語り手）であり、その発話主体が物語の作者であるかのようなプリセットがなされています。つまり「まえがき」では、作中に登場する小説家が自分の書いた小説について語っているのであり、彼が「この本を」と言うその「まえがき」もまた「この本」に含まれている。したがって、実のところ

「Chapter 1」から後が「この本」で、前口上の時点ではすでに「この本」は書き終えられていると考えられますから、「まえがき」は、本来は「この本」に属する類のものではない（リーフレットのように挟み込まれるようなもの）か、ないしは「あとがき」と呼ぶべきものです。が、もちろん、スタッジによる「まえがき」も含む「この本」の作者（実体）として、「この本」の表紙や、あるいは本の中の至るところに、カート・ヴォネガット・ジュニアの名前が刻まれています。メタフィクションは、おおむねそうした構造を持ちます。

つくりものの表明

ところで、「……まるでフィルボイド・スタッジが書いたみたいだ」とフィルボイド・スタッジは書かれますが、これはつまり、書かれたものが書く者を書いているのであり、読まれるものによって読むスタッジは読まれています。すなわち、スタッジが書くことは彼が書かれることと同義であり、彼が読むことは読まれることと同義です。

スタッジのこのような前口上はもちろん、「Chapter 1」以降の彼が書いた「ひどい出来」の物語がつくりものに他ならないことを曝《さら》け出します。ところがそれによって、つくりものに他ならない物語を自ら「ひどい出来」と評する「まえがき」そのものは、つくりものではないかのような錯覚が生じます。「沈黙」の章で見た「ノンフィクションぽく見せかけるフィクション」とは逆の効果が狙われるのです。ノンフィクションは、入れ子の内側ではなく、入れ子の外側なのだ、と。そして、仮にその入れ子をいくつも重ねていくとしたら（現にそうした小説はたくさんあります）、まさにそこに、物語内における現実と虚構の錯綜が発生します。すなわち、そうした物語を下層部から上層部の方向へと眺めれば、最下層部の一歩上層部寄りにある物語は、最下層部によりノンフィクション性が担保されますが、その上層部にはフィクション性を決定づけられる、という二重構造を持つことになるのです。現実と虚構は反転を繰り返します。

あるいは、作中人物が作者に向けて手紙を書くようなこともこうした類の小説では頻繁に起こります。それはとりもなおさず、あたかも書かれているはずの虚構から、現実へとものが書かれるかのような、現実と虚構が入れ替わる可能性を示唆します。

それらが、メタフィクションの言わば中心的な戦略であり、そうした物語の多くは、とりもなおさず六〇年代アメリカという時代背景にあって、新たな言語主体としての意識を作者たちが提示することにより――虚構から現実へと差し出される手紙をもって――たとえば「ヴェトナム」の国家戦略的な虚構性を白日のもとに曝すかのような、政治的色彩を強く帯びていました。

さて、したがってそのようなメタフィクションの枠組みから言えば、語り手が物語についてじかに言及する行為は、その作品がつくりものであることの大いなる表明でもあります。つくりものという器を確固たるものとしなければ、現実へとメッセージを差し出すようなビヘイビアが意味をなさないのですから、むしろ意図的に、つくりものであることが語り手のテクスト外部への越境により強調されます（タイラーの『偶然の旅行者』が、『チャンピオンたちの朝食』とも同じ語りのモードを持ち合わせないことは明らかでしょう）。

そこで冒頭の「偶然の旅人」の引用にあらためて目を向けてみます。

「僕＝村上はこの文章の筆者である。この物語はおおむね三人称で語られるのだが、語り手が冒頭に顔を見せることになった」と書き出されるそれは、一見すると、作者（行為主体）と語り手（発話主体）が混同されているかのような印象を受けます。つまり、村上春樹が書く「偶然の旅人」に記される「僕＝村上」とは、作者・村上本人であるかのごとくですが、ところがその直後に「語り手が冒頭に顔を見せることになった」と、「僕＝村上」は語り手になる。行為主体と発話主体は、前者は作者という実体であり、後者はもちろん物語内に設定される虚構ですから、この二者が合致することはありえません。論理的に考えれば、それらが合致するのは、そこに語られることが虚構でない場合に限られます。すなわち、実体としての作者がやはり実体として、語られるものの中においても語る、という場合です。言うまでもなく、それはノンフィクションに他なりません。

とすれば、「偶然の旅人」は、否、「偶然の旅人」ばかりでなく、その冒頭部分は『東京奇譚集』に収録された他の四作品にも架かっているので、それらはすべてノンフィクションなのでしょうか？ 答えは、頑としてノーです。その可能性は、徐々に幻想性を帯びてくるかのような収録作品の配列によって、さらには、この作品集が単行本化された際に書き下ろしとして最後に加えられた「品川猿」によって、決定的に否定されます。人間の言葉を操る猿が登場する話が、ノンフィクションであるはずがありません。とすれば、「品川猿」以外の四作品も、たとえリアルぽく見えてもつくり話です。

が、もし単行本化の際に「品川猿」が加えられさえしなければ、ノンフィクションとして白を通し続けることもできたかもしれません。その意味で、「品川猿」はまるで、「新潮」連載時に多くの読者がそれらの話をノンフィクションだと信じこんでしまったがために、慌てて書き足された虚構らしい虚構である、かのようです。そしてそれを逆説的に考えれば、作者はあえてそのような細工をしなくても、読者はこれらの話がフィクションであることをたやすく理解できるはずだ、そう思っていた、かのようです。

戦略としてのメタフィクション

作者がそう見通せる第一の鍵が、冒頭にあります。「昔風の芝居みたいに、カーテンの前に立って前口上を済ませ」と語り手が断るのは無論、「昔風の小説みたいに、物語の前に立って前口上を済ませ」と読み替えることが可能です。そもそも、語り手自身がじかに読み手の前に姿を現すことによって、それがメタフィクションというフィクションであることが高らかに宣誓されるわけですが、それでも一抹の不安が残り、屋上屋《おくじょうおく》を架すように、あえてそうした断りが付け足されたかのような気配さえあります。

第二の鍵は、そんな前提をもって語られる話の、その語り口の中にあります。「沈黙」の直接話法とは異なり、『東京奇譚集』に収められたすべての作品は、（語り手が冒頭に現れる「偶然の旅人」こそ若干の直接話法がありますが）伝聞を間接話法で再現します。

翌週の火曜日は雨だった。彼女はカフェに姿を見せなかった。彼は一時までそこで黙々と本を読み、それから引き上げた。

調律師はその日、ジムに行くのをやめた。身体を動かしたいという気持ちになれなかったからだ。昼食もとらず、まっすぐ自宅に戻った。そしてソファに座ってアルトゥール・ルービンシュタインの演奏するショパンのバラード集を聴きながら、ただぼんやりとしていた。（中略）

午後の二時半を過ぎたころ、彼は姉の家に電話をかけてみることにした。

（「偶然の旅人」）

それから彼女は息子の泊まっていたホテルに行った。サーファーが泊まる小さな汚いホテルで、荒れた庭があり、髪の長い半裸の若い白人が二人、キャンバス・チェアに座ってビールを飲んでいた。ローリング・ロックの緑の瓶が、足元の雑草の中に何本か転がっていた。

（「ハナレイ・ベイ」）

彼女は見たところ、淳平より2センチか3センチくらい背が高そうだった。髪は短くカットされ、まんべんなく日焼けをしていて、頭の形がとてもきれいだった。淡いグリーンの麻のジャケットを着て、膝までのフレア・スカートをはいていた。ジャケットの袖は肘まで折り上げられている。ジャケットの下はシンプルなコットンのブラウスで、襟の下に小さなターコイズ・ブルーのブローチがついている。

（「日々移動する腎臓のかたちをした石」）

彼らの過去は日映いばかりのディテールによって縁どられています。どれも、発話者があたかも緻密に過去を記録し（唯一「蜂蜜パイ」と登場人物の設定が重なる「日々移動する腎臓のかたちをした石」の「淳平」だけは、作家を生業にしているので、自分の日常を日々細部まで記録していた可能性がありますが）、それを余すところなく「僕＝村上」に伝え、「僕＝村上」はそれを間接話法で忠実に再現したかのようです。あなたの目の前に現実にそうした発話者がいて、彼らが彼らの過去を右のように語ったとしたら、あなたはそれらを１００パーセントつくり話だと思うでしょう。あるいは逆に、もし彼らの話が粗い記憶に立脚するものだとしたら、あなたはそれを書き起こすときに、大胆な装飾を施すかもしれません。そのあなたの立場が「僕＝村上」の立場に他なりません。そして、いずれの場合においても、そこに語られる話は、ノンフィクションたりえない、ということになります。そうした提示の手法はすなわち、虚構性をよりいっそう強化する効果を狙います。つくりものとしての器に、さらに頑丈なつくりもののケースを被せるかのようであり、繰り返しになりますが、それがメタフィクションの戦略なのです。

「僕」＝ほんとうに「村上」？

ところで、話はわき道に逸れますが、語り手による大胆な「装飾」は、語り手自身には伝えられなかったもの、語り手自身の目には見えていないものを、そこに書き加えるという、侵犯（越境）をも意味します。「沈黙」の章で触れた『スプートニクの恋人』にその兆候を見出せますが、たとえば『海辺のカフカ』にはつぎのような一節があります。

佐伯さんはもう一度コーヒーカップを手にとり、ひとくち小さく飲む。でもそこには味がない。
（『海辺のカフカ』第31章）

この箇所の語り手は「僕」であり、その「僕」に「佐伯さん」の飲むコーヒーの味がわかるはずもない。無論、「でもそこに味はない」を、「僕」の視点から視た「佐伯さん」の様子を示すひとつの比喩表現として解釈することも可能でしょう。けれども、そのためには、この十五歳の「僕」に高度な表現能力が要求されることは言うまでもありません。

納戸は駐車場に面した小さな部屋で、明かり採りの高い窓がひとつついているだけだ。そこにはいろんな時代からいろんな事情で寄せ集められたいろんな品物が、ほとんど無秩序に収納されている。

（同第23章）

ここでは、「僕」は納戸の扉を初めて開ける以前から、その中にあるものを知っていたかのようです。これも比喩表現でしょうか？　否、右のふたつの引用で認められるのは、「でもそこに味はない」「そこにはいろんな時代からいろんな事情で寄せ集められたいろんな品物が」の直前に、語り手が一人称の「僕」から天空へと移動しているかのような、越境行為です。

『東京奇譚集』に収録された各作品もまた、語り手による越境が随所で立ち現れているものとして読むことができます。「僕＝村上」は、それらの話を語るときに、話し手が一人称で語ったストーリーの内部をまるで俯瞰するかのように緻密に再現してみせます。「僕＝村上」はその場にいない。したがって「僕＝村上」の根拠となるのは、話し手によって語られた一人称の話だけです。そこであえて、「僕＝村上」はその一人称の語り手を越境し、天空から目配せをするかのようです。

この際、その虚構の構造は、自分の話を語る人間がまずいて、つぎにそれを聞く「僕＝村上」がいて、「僕＝村上」は相手の話を聞くという現実行為においてその話への侵犯を行う。つまり、現実行為を一本のバーにして、（話し手が）話す（語る）ことは、（「僕＝村上」によって）語られることであり、（「僕＝村上」が）聞く（読む）ことは同時に（話し手が物語を）聞かされる（読まされる）ことでもあります。そのように、越境を目論みつつ私たちの言語行動の主体意識を反転させるところに、メタフィクションは作動します。

さて、冒頭の引用にいまいちど戻りましょう。

このように『東京奇譚集』をメタフィクションとして捉えていくと、「僕＝村上」とはいったい誰なのかという疑問があらためて浮かびます。その作者という実体と語り手という虚構内存在が混同されているかのような矛盾が、（ノンフィクションではない）つくりものにおいてなぜ起こりうるのか。それは、とりもなおさず、私たちが「僕＝村上」を「僕＝村上＝村上春樹」と信じこんでしまうからに他なりません。

僕＝村上はこの文章の筆者である。この物語はおおむね三人称で語られるのだが、語り手が冒頭に顔を見せることになった。

そこには、これみよがしに、「この物語は」と書かれているではないですか。つまりここでは、フィクションについて語られており、そのフィクションについて語っていることもまたフィクションなのです。言葉を換えれば、いったい誰が、「僕＝村上＝村上春樹」などと言っているでしょうか。「僕＝村上」の「村上」は、たとえば「フィルボイド・スタッジ」と書き換えることも可能な「村上」なのであり、それは作者であり行為主体である村上春樹によって設定された発話主体（語り手）以外の何者でもない、そう解釈しさえすれば、この冒頭の一文には何の矛盾もないことが明らかになるでしょう。

『東京奇譚集』（2005 初出「新潮」2005・3〜6）

15 母による子殺し、あるいは村上春樹によるラカン——「緑色の獣」

でも獣は私の考えを見すかす様に、にやにや笑いを浮かべた。あなた、そんなことしても駄目でですよ、と緑色の獣は言った。獣のしゃべりかたはなんだか少しずつ奇妙だった。言葉を覚えまちがえたみたいに。これはとかげのしっぽみたいなもののでね、どんなに切られてもあとからあとからどんどん生えてくるです。そして切られるたんびにつよよく長くなるんです。やるるるだけ無駄ってもんです。そして獣はその不気味な目を独楽のように長いあいだくるくると回していた。

こいつは人の心が読めるのかしら、もしそうだとしたらやっかいな事になったわ、と私は思った。私は誰かに勝手に自分の心を読まれたりするのは我慢できない。とくに相手が訳のわからない気味の悪い獣であるような場合には。

健全な成育過程をスキップした獣

「緑色の獣」の主人公「私」はそのようにして「緑色の獣」に出会います。

夫が仕事に出ていってしまった後にはやるべきことがなかった「私」は、庭にある一本の椎の木を眺めます。「私はその木を子供のころそこに植え、育って大きくなっていくのを見ていた」。「庭を見ていると、時間はいつもするすると淀みなく流れていってしま」い、「私」がふと気がつくと、「あたりはすっかり暗くなっていた」。そうしているうちに、椎の木の根元のあたりから緑色の獣が這い出てきます。

まさにそのようにするすると書き出されるこの作品の冒頭はしかし、読み手を戸惑わせます。

まず、彼女の夫が仕事に出かけたのは、いったい何時なのか。もし彼が堅気のサラリーマンなら、それは当然朝でしょう。が、すると「私」は朝から夕方まで昼食も摂らずに庭を眺め続けていたことになります。つぎに、いったいそこは誰の家なのか。「私」が子どものころから住んでいた家であるのは明らかなようなので、するとこの夫婦は「妻」の家に住んでいることになります。気になります。ただしそれらは、言ってみれば、ありえないことではありません。けれども、もっとも気になるのは、そうした普通ではない設定をしてまで、なぜそれ（「緑色の獣」の訪問を受ける者）が、村上春樹という男性の作者をして、女でなくてはならなかったのか、でしょう。

ここで、「緑色の獣」が地中から這い出てきた動機を見てみましょう。

ねえ奥さん、奥さん、私はここにプロポーズに来たですよ。わかるですか？　ずつと深い深いところからわざわざここまで這い上がつてきたですよ。大変だつたですよ。ずいぶん土もかきましたよ。爪だつてこのとおりはがれちまいまいましたよ。もし私に悪意があつたりしたら悪意があつたりしたら悪意があつたりしたらそんな面倒なことできつこないじゃありませんかね。私はあなたが好きで好きでたまらないからこそここに来たですよね。

つまり、「緑色の獣」は「私」に求愛をするために、わざわざはるか深い地中から這い上がってきたのです。この際テクストには、求愛を行うのは男性、受けるのは女性という通俗的な文法が作動しているかのようです。もちろん、「緑色の獣」を、実体としての獣ではなく、「私」の無意識の反映として読むことも可能でしょう。しかし、その場合にもはやり、「緑色の獣」を結果的になぶり殺す「私」は、男性的な世界からの誘惑を待ち侘びつつ、いっぽうでその願望を文字通り根底から滅却したい、という両面性を安易に提示してしまい、通俗的な文法に堕するかのようです。

「緑色の獣」は、獣でありながら人間に求愛をします。それは、人間の側に立てば、その獣は獣としての意識を欠いているということになります。あたかも、成長の過程において、鏡像段階を経てこなかったかのように。

いま身近に生後半年から一歳くらいの乳幼児がいたとしたら、じっくり観察してみてください。彼

（彼女）は、鏡に映る自分の姿とどれだけ飽きもせずに戯れていられるかを。いっぽう、犬や猫を生まれたてのときから飼ったことのあるみなさんなら、鏡の存在に彼らが気づいた瞬間、そこに映る自分の像に向かって手を差し出すのを見た経験があるはずです。が、彼らの場合は、そこに映るのが自分か否かという以前に、それが生身の実体ではないことがわかると、すぐに関心を失ってしまいます。けれども人間の赤ん坊の場合には、自分の動作とまったく同じ動作を鏡の中の自分がとることによって、映っているのが自分であることを認識します。つまり、鏡の中にある他者をして、それまで自身の内に運動の予感を抱きつつも実際には身体がその意志の通りに動かないというジレンマを脱し、自己のイメージを統一（自己の身体と思考が同一化）するのです。これが、ジャック・ラカンが言うところの「鏡像段階」です。

そのジャック・ラカンは一九〇一年生まれ、言うまでもなくフランスの精神分析医であり、その理論は難解きわまりない「独壇場」とされ、ラカンを誤読することこそがラカンに近づく第一歩とまで言われます。その理論の基本はフロイトを継承し、そこにフランス的な言語思想を付加したのがラカンの方法でした。無論、精神分析医ですから、臨床経験に裏打ちされた知見が駆使され、その分野で結果的に、ああこれがラカンの言わんとしていたことなんだ、と未だに再発見（と言うか、新発見）され続ける、怪物のような存在でもあります。一九八一年没。

右の「鏡像段階理論」（一九三六）でラカンは、幼児の発育過程を「言語」の観点から考察したうえで新たに段階づけ、それによって世界的な注目を集めるとともに、その後、人間意識の根底に迫り、その生成過程を言語を絡めつつ再構築、再提示し、フロイト、マルクスらの思想的影響を受ける一派、また文化大革命を支持するような、五月革命以降の進歩的左派学生からの強い支持を得ることになります。つまり、「パン屋再襲撃」の章で採りあげたレヴィ＝ストロース同様、村上のそのテクストから排除される「構造主義」側にもっぱらポジショニングされます。

「構造主義」を意識しないよう、意識する

六本木の街では、私は絶対にどこにもたどり着くことができない。（中略）六本木に関わる何かが私の無意識下にある何かを刺激して、前頭葉の何かを混乱させるのかもしれない。それくらいしか私に思い当たる理由がないのです。これほどまでに六本木という街が私を激しく混乱させる理由が。

　ですから、とにかく、六本木のことは私には何も訊かないでください。それから構造主義についても何も訊かないでください。構造主義について、私があなたに教えられることは何もありません。

『夜のくもざる』に収録された、その名も「構造主義」という短篇で、村上春樹は「緑色の獣」同様の女性の語り手にそう言わせるのですが、それはとりもなおさず語り手は、「構造主義を意識しな

い」と意識しているということでしょう。「パン屋襲撃」では、そのテクストでいかに構造主義が排除されるか（実存主義にスポットライトがあたるか）を読みましたが、この章では、「眠り」の章のフーコー同様、村上春樹の無意識下にある構造主義的知見を、ラカンを通じて照らし出せればと思います。

さて、「鏡」を前にした幼児の反応に見られるものは、他者との差異によって自己を客体化する以前の、また言語の習得により主体性を勝ちとる以前の、人間の原初的な「私」の獲得です。そこで幼児は、鏡の中に映った自分という外部を自らの内に摂りこむことによって、自己形成の第一段階を歩み始めます。

ところで、「緑色の獣」は、「言葉を覚えまちがえた」感はあるものの、確かにコトバを操ります。ということは、人間の成育段階においてはそれ以前に、鏡像による自己同一化も、あるいは他者による自己の客体化も果たしているはずですが、あたかも犬や猫のように、鏡に映ったのは「実体のないもの」でやり過ごし、自分以外の仲間については「自分ではないもの」とだけ見なし、それらと自己とを照合することはせず、それがゆえに、コトバを話しながらも人間の女性に言い寄るかのようです。つまり、自己の身体と思考が同一化する以前にコトバを覚えてしまったかのようです。

否、それでは精確さを欠きます。なぜなら、「緑色の獣」は「奥さん」に恋をしているのです。幼児（男児）の恋は、自己と他者の区別がつくようになり、それによって性別を識り、母の異性に気づき、しかし自分のものと思っていた母が父のものであることを知ったときに始まります。そこで父をライバル視するのが、つまりエディプス・コンプレックスですが、ラカンは、幼児（男児）は、このころに習得が始まる言語をもって母の喪失を埋め合わせるとし、したがって男児は女児よりも早期に言語世界に没入すると結論づけました。もちろんこれには多くの議論が巻き起こりましたが（フェミニストたちが目くじらを立てる顔がいやでも思い浮かびます）、ところで、「緑色の獣」は、そうしたエディプス・コンプレックスの経験がないままに恋を知り、また経験がないがゆえに、コトバを歪《いびつ》に覚えてしまったかのようです。

「母」をおしつけられる「私」

さて、ここからはラカンによって「緑色の獣」を読むのではなく、「緑色の獣」によってラカンを読んでみましょう。

身体と思考が同一化をみる前にコトバを身につけてしまった「緑色の獣」の成育過程には、ひとつの世界が思い浮かびます。すなわちそれは、鏡も父も、あるいは同族すらいない世界、求めうる対象は唯一母だけという世界です。その際、母は自らの生みの親であると同時に、獣自身の感情がその表情に映し出される鏡であり、したがって自己を客体化しうる対象であり、そして唯一の異性でもあります。獣はそのために恋する母を求め、地底から這い出ます。それを母の立場に転置すれば、獣は自ら生み落とした子であると同時に、自分の感情をその表情に映し出す鏡であり、したがって自己を投影しうる対象です。つまり、二者の違いは、異性としての意識と、自己を客体化しうる対象か、自己を投影しうる対象か、ということにあります。そこに、母による子殺しの構図がにわかに立ち上がるのです。

冒頭の引用に戻りましょう。「こいつは人の心が読めるのかしら、もしそうだとしたらやっかいな事になったわ、と私は思った。私は誰かに勝手に自分の心を読まれたりするのは我慢できない」と「私」は言います。彼女は、少なくともはじめは、獣に対して自己の投影を一切認めようとしないのです。そこでは、交渉の対象となる異性の不在が顕わにされつつ、自己投影しうる対象があからさまに否定される。つまりそれは、断固とした、親になることの否定でもあります。それらの周縁を補強するかのように、「仕事に出た夫は真夜中まで戻ってこない」し、父権性を象徴しかねない彼らの家もまた、妻の実家であるかのような設定によってぼかされています。父なき子は、たどたどしいコトバを使いながらも必死に母との距離を詰め、その愛情を勝ちえようとするのはもちろん、自己を客体化しようともがきます。けれども自己投影を許さない母はおのずと、子の願望を撥ねつける。そこには母の側の殺意が芽生えます。いっぽう子は、母に近づこうとして近づけず、ところが母に拒絶されることによって自己を客体化する（せざるをえない）という矛盾を生きることになります。そこには子の側の殺意が芽生えます。否、子の殺意が芽生えようとする以前に、母はそれをより強固な殺意をもって封印しようとするのです。

だって本当にその通りじゃないのと私は心の中で思った。私に求愛するなんて、まったくなんて厚かましい獣かしらと私は思った。
するとと獣の顔はさっと哀しみの色を浮かべた。そしてその哀しみをなぞるかのように獣の鱗の色が紫に変わった。おまけに体だってひとまわり縮んで小さくなってしまったみたいだった。私は腕組みをしてその小さくなった獣の姿をじっと眺めた。あるいはこの獣は感情の変化のままにどんどん変身するのかもしれない。そしてそのおぞましくみっともない外見の割に、その心はできたてのマシュマロのように柔らかく傷つき易いのかもしれない。もしそうだとすれば、私にも勝ち目はある。

「あるいはこの獣は（私の）感情の変化のままにどんどん変身するのかもしれない」という、まさにそこに、子に対する母の明らかな殺意が潜んでいます。「おぞましくみっともない外見」は、彼女の出産へのイメージの顕れでもあります。「その心はできたてのマシュマロのように柔らかく傷つき易い」と母の顔も一瞬覗きますが、その傷つきやすさを利用して、「私」は勝とうとするのです。母であることの束縛に、そして「私」を母にさせずにはおかないという社会のシステムに。

「私」と「獣」の双数的関係

気味の悪いものは「緑色の獣」それ自体でも、独楽のように回るその目でもありません。本来「私」の無意識下に潜むべきものが獣の姿をして表面に立ち上がることこそが、もっとも気味悪いのです。そして、ただぼんやり椎の木を眺めていた「私」の日常を揺り動かすかのように気味の悪いものが現れることこそ、このうえない不条理なのです。

さらに「緑色の獣」(子)は自己を客体化すべく恋する母を求め、自分の顔が映し出されているであろう「私」(母)の顔を読みとろうとします。つまり、彼の行動を動機づけるのは、自らの意志ではなく外的な状況です。いっぽうで母なる「私」は、すでに自己の客体化を遥か過去に終えており、自己の感情を子に投影はすれども、それによって変化する子の表情から自分自身を読みとることはしません。言うまでもなく、外的要因から自己の内側に切りこもうとする前者の姿勢には、「読解」という「知」が機能しています。かたや、自己を投げかけるだけの後者の姿勢は「知」の作動を拒否する。すなわちそれは、「誰かに勝手に自分の心を読まれたりするのは我慢できない」という「私」の姿勢そのものです。しかし、獣はそれでも鏡の代償を「私」に求めます。そこに、獣という「私」とそれを映し出す「私」の決闘的(ラカンの用語を使えば「双数的」)関係が発生します。

殺意を抱く「私」は、ところが、ずるがしこい「知」を逆作動させるのです。

私はもう獣を怖いとは思わなくなっていた。私は試しに思いつく限り残酷な場面を頭に思い浮かべてみた。大きな重い椅子に針金で獣を縛りつけて尖ったピンセットで緑の鱗をひとつずつむしりとってみたり、よく切れるナイフの先端を火で赤くなるまで熱して、それを使ってふっくらと柔らかそうな桃色の足のふくらはぎに何本も深い筋を入れてみたり、焼けたはんだごてをそのイチジクのように盛り上がった目に思い切り突き立ててみたりした。私がそんなことを頭の中でひとつひとつ想像するたびに、獣は実際にそんな目にあわされているみたいに辛そうに悶え、のったりとした悲鳴をあげ、のたうち、苦しんだ。

「緑色の獣」（子）はコトバを習得しています。したがって彼は、自らの感情をコトバによって表象することができます。「私」（母）はそれに注意深く着目します。自らの意志を子に投影させる権力を持った母親は、想像という領域をもって、それを一方的に投げつけることにより、子を、コトバを覚える以前の原初的な段階へと無理矢理引きずり戻そうとするのです。会話を奪われた獣（子）は、イメージの世界で母からの圧倒的な侵略を受けます。否、鏡像段階をスキップしたか、ないしはその段階での生育が不全であった獣（子）は、母の不在を、「私」に話しかけること（コトバ）によって代理表象しようとしたものの、押し寄せるばかりの見知らぬイメージの渦に、ただただたじろぎ、後ずさりするしかない。

獣は床の上でのたうちながら、口を動かして最後に私に向かって何かを言おうとした。何かすごく大事な、言い忘れていた古いメッセージを私に伝えようとするみたいに、重々しく。しかしその口は苦しげにその動きを止め、やがてぼんやりと霞んで消えてしまった。獣の姿は夕暮れの影のように薄くなり、悲しそうな膨れた目だけが名残惜しそうに空中に残った。

もちろん、「何かすごく大事な、言い忘れていた古いメッセージ」は、個別のメッセージではなく、コトバそのものを指します。「緑色の獣」は、その場に死体となって横たわるのではありません。「悲しそうな膨れた目」だけを残して、跡形もなく消え去るのです。そこには、コトバがイメージによってことごとく抹殺された世界がいま生命を帯び始めます。そして、空中に残った「目」は、幼児が生まれて最初にイメージを膨らます身体器官に他なりません。そこは想像界であり、しかも、コトバによる代理表象が強く要求されない父不在の世界でもあります。そうやって、子が育つ過程を逆行することにより、「私」はシステムとしての出産を拒否するのです。

ところが。残された「目」は、終焉であると同時に想像界の起点でもあります。表象界は姿かたちをくらましたかのようであっても、それが想像界を足がかりに再び世界を築き上げていくであろうことがここでは仄めかされます。すなわち、そこには果てしない反復が生じるでしょうし、やがてその反復が「強迫」となって「私」を襲い返すかのようです。その際、「緑色の獣」の膨張の可能性は無限大で、それはとりもなおさず、私たちが言語表象という世界において常に囚われの身であることを印し、宙に浮く目は、そこから抜け出すことの不能を永遠に示し続けるでしょう。

「緑色の獣」(『レキシントンの幽霊』1996所収　初出「村上春樹ブック」1991)

番外1　ズレる二項対立
――「ささやかだけれど、役にたつこと」（レイモンド・カーヴァー著／村上春樹訳）

月曜日の朝、誕生日を迎える少年は歩いて学校に行った。彼には連れがいた。二人の少年はポテトチップの袋を回していた。誕生日を迎える少年はもう一人の少年がプレゼントに何をくれるつもりなのか何とか口を割らせようとしていた。交差点のところで、誕生日を迎える少年はろくに注意もせず歩道から下りた。そしてその瞬間に車が彼をはね飛ばした。彼は横向きに倒れた。頭は溝の中につっこみ、両足は路上にあった。目は閉じられていたが、脚は何かをよじのぼるような格好で前後に動いていた。連れの少年はポテトチップの袋を落として泣き出した。車は百フィートかそこら進んでから、道の真ん中で停まった。車を運転していた男は肩越しに後ろを振り返った。そして少年がよろよろと立ち上がるのを待っていた。少年は少しふらっとよろめいた。

彼はぼんやりとした感じだったが、でも異常はないようだった。男はギヤを入れて走り去った。

歌にも歌われた「短篇小説」

引用箇所は、「ささやかだけれど、役にたつこと」の冒頭のエピソードに続く、「起承転結」で言えば「起」の部分です。その日で八歳の誕生日を迎えたスコッティーが、朝、通学途上で車に撥ねられる。その後彼は自力で家に帰るのですが、母親のアンに「一部始終」を告げた後にソファーに座り、そのまま意識不明となる。「どうしても子供が目を覚まさないことがわかると」アンは夫ハワードの職場に電話をかけ、そして救急車を呼び病院へ向かう。追ってハワードも合流する。蛇足になりますが、ロバート・アルトマンの映画「ショート・カッツ」では、アン役をアンディ・マクドウェル（美人すぎて原作のアンのイメージからはだいぶかけ離れています）、ハワード役をブルース・デイヴィソン（原作には登場しないハワードの父役はジャック・レモン！）が演じていて、スコッティーが家に帰った時に母親は不在という設定になっています。ところで。

村上春樹はカーヴァーのこの作品を表題作として短篇集を編んでいますが、原典は、一九八三年に出版された"*Cathedral*"（『大聖堂』）に収録されています。ちなみにカーヴァー自身は、短篇集の表題作としては、生涯この作品を用いていません。「ミニマリズム」（という語を嫌うのであれば「カーヴァーレスク」）と呼ばれる彼の創作スタイルからすれば、結末が「宙吊り」ではなく閉じる方向（アメリカの一部の批評家の指摘に沿えば、キリスト教的な聖餐の儀式）へと向かうこの作品は、異質に映ります。そのことが、カーヴァーが本作を表題作としなかった理由のひとつになっているのかもしれません。あるいは、編集者によって大胆な朱が入れられ、いったんはつとめて「カーヴァーレスク」な短篇「風呂」となり、そして後日的にオリジナルが発表されるという、運命的な軌跡（作品自体が辿ったこれ見よがしの筋書き）をもった本作を、「カーヴァーレスク」な短篇集の表題とすることに抵抗があったのかもしれません。

一九八三年の八月にサン・フランシスコの書店で勧められ、私はハードカヴァー版の "*Cathedral*" を手にしました（本の裏表紙に購入した日付がメモされています）。直後の「タイム」誌に書評が掲載され、日本ではその直前の七月に、村上春樹がカーヴァー作品の最初の邦訳『ぼくが電話をかけている場所』を刊行しており、その先見の明もさることながら、まさにそれが、レイモンド・カーヴァーという作家が文学の表舞台に現れた瞬間であり、それからわずか五年で逝ってしまったのですから、そこに行き着くまでの彼の人生を思えば、実に短い表舞台だったということになります。

"*Cathedral*" の好評は、ヴェトナム戦争以降長く続いたポストモダン小説へのバックラッシュとも言える空前の短篇小説ブームを巻き起こしました。カーヴァー以外にも、トバイアス・ウルフ、アンドレ・デビュース、ロバート・オーレン・バトラー、フレデリック・バーセルミといった今日のアメリカを代表する作家たちが短篇によって脚光を浴びた時期でもあり、かつてカーヴァーを師と仰いだジェイ・マキナニーがデビューしたのも同じ頃で、ブレット・イーストン・エリス、マイケル・シェイボンら、（当時は）訳のわからない若手作家が続々と現れ、彼らのデビュー作はいずれも短篇ではありませんでしたが、いわゆるアメリカ的な、読むのに超弩級の根性を要する長篇とも呼べず、その後、ジェイン・アン・フィリップス、モナ・シンプソン、デブラ・スパークらの若手女流短篇作家の登場が続くこととなります。アメリカン・ポップスの歌詞にまで「短篇小説（ショートストーリーズ）」という言葉が盛られるほどでした。歌の中に、「短篇小説」です。日本の歌謡曲では、「短篇小説を手に～♪」「あなたが読んでいた短篇小説を～♪」などとは滅多に歌わないでしょう。*1

意図的な言い落とし

のっけから話がわき道に逸れてしまいましたが、ささやかだけれど本題に戻りましょう。

さて、スコッティーが運ばれた病院ではフランシスという医師が主治医として彼につき、意識不明の原因を明かさないまま、ただ「心配ありません」「じきに目を覚まします」を繰り返します。その間に、ハワードとアンは交互に家に帰り、「風呂」に入ったり（このエピソードが本作のショートバージョンの表題となっています）、犬に餌をやったりするのですが、その都度、正体不明の相手からいたずら電話がかかってくる。たとえば、最初にハワードが家に戻った時はこんな具合に。

「ケーキを取りに来ていただかないと」と電話の相手は言った。

「何の話でしょう？」とハワードは訊いた。

「ケーキですよ」と相手は言った。「十六ドルのケーキです」

ハワードは話の筋を理解しようと、受話器をぎゅっと耳に押しつけた。「ケーキがいったいどうしたんだ」と彼は言った。「やれやれ、君は何の話をしているんだ?」

「そういう言い方はないぞ」と相手は言った。

もちろん電話の相手が誰かがわからないのはハワードだけでしょう。というのはつまり、この作品を読んだことがない人でも、状況を考えれば、おそらくスコッティーの誕生日にあわせてケーキが注文され、彼が誕生日の当日に事故にあってしまったためにそれがまだケーキ屋からピックアップされていないのだ、ということを予想できます。ならば、ハワードはスコッティーの誕生日を忘れてしまうほどショックを受けているのでしょうか。否、この物語の構造から見れば、どうやらハワードは、妻からケーキを注文したことを聞いていなかったと考えるほうが妥当のようです。

少し間があって彼は言った。「君もちょっと家に帰ってひとやすみしたらどうだい? そのあいだ僕が付いているよ。しつこく家に電話をかけてくる変態野郎がいるけど、相手にしないように。切っちまえばいいのさ」

「誰が電話かけてくるの?」と彼女は訊いた。

「誰だか知らないよ。知らない家に電話をかけるくらいしか楽しみのない奴さ。さあ、家に帰りなさい」

それが、家から病院に戻ったハワードとアンの会話です。そこには明らかなディスコミュニケーションがあります。ハワードは電話があったとはアンに言いますが、ケーキ云々の件は伝えずにおくのです。そのことが、追って家に戻るアンに、事態の掌握を遅らせることにもつながっていきます。この際、夫婦間のディスコミュニケーションを物語の構造の観点から読み直せば、作者による意図的な言い落としがそこに介在しているということになります。

これに先立って、第一の言い落としは物語の冒頭で起こっています。

土曜日の午後に彼女は車で、ショッピング・センターの中にあるパン屋にでかけた。そしてルーズリーフ式のバインダーを繰ってページに貼りつけられた様々なケーキの写真を眺めたあとで、結局チョコレート・ケーキにすることに決めた。

こうやってこの作品は書き出されますが、ところが、土曜日の次はいきなり、スコッティーが車に撥ねられた月曜日になるのです。当たり前の話ですが、その間には日曜日がある。日曜日があるはずなのに、その中間の日については一切の言及がありません。読み手は推測するでしょう。翌日の息子の誕生日を控え、夫婦はパーティーやプレゼントの打ち合わせを入念に行ったのだろう、と。しかし、ハワードが病院から家に戻り、先の電話をとった場面で読み手には疑問が生じます。そうした打ち合わせはなかったのかもしれない、と。けれども、それはいかにも不自然です。どんなに忙しい家庭であろうと、またどんなに貧しい家庭であろうと、まだ小さな子供の誕生日の前日に、それについて話をしない夫婦が果たしているでしょうか。しかも、あらかじめ誕生パーティーは予定されていたのです（村上訳ではスコッティーの事故を受けてパーティーは「開かれなかった」となっていますが、原文では'canceled'すなわち「（予定されていたものが）中止された」のです）。したがってそこで読み手は、語られない日曜日においてすでに、夫婦のディスコミュニケーションがあったのだと解釈せざるをえません。繰り返しになりますが、それは故意の言い落としでもあるのです。

さらに、「パーティーが中止された」の言外の意味[*2]は何でしょうか。テクストでは、事故があった月曜日の朝から瞬時のうちにその日の夜十一時へと時間が移動します。朝スコッティーは友人のプレゼントを期待していたわけですから、当然この間に、当日パーティーに招かれるはずのゲストに中止の連絡が届けられたでしょう。料理の素材が慌しく冷蔵庫の中に仕舞いこまれたかもしれません。それでもアンはパン屋には一報を入れていないのです。ここにもディスコミュニケーションが作動しています。物語としては、いかにも作為が臭ってくる。否、これでは、いかにも臭いすぎです。そこで今度は、読み手の側に疑いが作動することになります。

偶然にも度重なるディスコミュニケーション。そして、そうした事々をあえて黙殺するかのような語り手の姿勢は、息子が車に轢かれ、それに追い討ちをかけるようにかかってくるいたずら電話に対する夫婦の葛藤を際立たせるために正当化されうるでしょうか。

パン屋は彼女を居心地の悪い気分にさせたし、彼女はそれがどうも気に入らなかった。彼が鉛筆を手にカウンターにかがみこんでいるあいだ、彼女はその男の粗野な顔つきをじろじろと見ながら、この人はこれまでの人生でパン屋以外の役を果たしたことがあるのだろうかと思った。

これが、物語の冒頭に顕れるアンに焦点化したパン屋の様子です。焦点化、とは、物語世界を俯瞰する語り手が物語の登場人物のうちの誰に視点を合わせるかという意味で、無論ここで語り手はパン屋の視点からアンを描写することもできるのです。「猪首の年配の男」「でっぷりとしたウエスト」といった具合に、ここではパン屋は決して好意的に描かれていません。読み手は、普通はここで早くも、アン／パン屋の対立関係の作動を予測するでしょう。しかし、意識の戻らない息子を抱え苦悩する親／そんな親に嫌がらせをするパン屋、そうした対立構造を構築しようと、作者は「臭いものには蓋をする」的なご都合主義を貫き通そうとしているのでしょうか。アンの視点からはパン屋は「つっけんどん」に映りますが、いっぽうそういうアン自身も、「悪魔！」と叫んだり、「あん畜生。殺してやりたい」と口走りハワードに窘《たしな》められる類の女性です。語り手がパン屋に焦点化していれば、アンの物腰によってパン屋が「つっけんどん」になった可能性も仄めかされます。少なくとも、物語終盤に顕れるそうしたアンの言動に触れ、読み手はその可能性を案じます。

さてここで。私たちはあらためて、もうひとつの、自然に考えれば最も重大な言い落としに注目するでしょう。

「GQ」から飛び出してきたきたような医師

伝統的な二項対立を思い浮かべた場合、この夫婦に真っ向から対立すべきなのは子供を撥ね、そしてそのまま現場を立ち去った運転者（映画「ショートカッツ」ではリリー・トムリン。その夫役はトム・ウェイツ！）に他なりません。そこには当然、被害者／加害者という対立関係が成り立ちます。ところが語り手はあたかもそうした対立などないかのように振る舞い続けます。物語の中盤になってハワードが看護婦に向かって「轢き逃げです」と言い、アンが待合室にいた黒人の男に向かって「子供が車にはねられたんです」と言います。アンは「事故についてもっと別のことを喋りたかった」のですが、「別のこと」は明かされず、またこの後もハワードが一度だけいたずら電話の主に言及して「車を運転していた奴かもしれない」とアンに伝えますが、二人は終始不自然なまでに、この加害者に対する怒りを露にしません。物語はスコッティーの事故を「起」としているわけですから、この時点ですでに、形の上では、被害者／加害者関係が発生しています。にもかかわらず、以降その対立関係は何ら膨らみを帯びないのです。否、むしろ夫婦の様子が徐々にそれを萎えさせていると言っても良いでしょう。物語の途中、あるいは終盤から、「起」のエピソードを振り返ると、あたかも、冒頭で二項対立（あるいはその可能性）が発生した瞬間から、物語の脱構築が作動しているような印象に見舞われるのです。

そう考えると、土曜日からいきなり月曜日へと物語の時間が移動し、その間の日曜日には夫婦間に何らコミュニケーションがなかった（ハワードがケーキの存在など知らぬような振る舞いをした）かのような事態は、誕生日の前日に家族がケーキの種類や招待するスコッティーの友人のことなど、パーティーの計画を打ち合わせるという「幸」から、翌日の「不幸」への転落、つまり、幸／不幸の二項対立もまた、ここで作動を回避させられていると見た方が良いでしょう。ともすれば読み手である私たちは、暗黙の了解のもとに伝統的であり抽象的かつ概念的な物語世界へと没入しがちですが、これら語られない出来事によって、語り手は意図的にそうした月並みな読み手の行為を阻んでいるとしか思えません。

被害者／加害者の対立拒否を起点とする二項対立のズレは、テクストの進行にあわせて、しかし全く別の、打って変わってあからさまな対立関係へと導かれます。夜を昼に継いでスコッティーに付き添う両親の前に、主治医のフランシス医師は次のように現れます。

医者はハンサムで、肩が広く、顔は日焼けしていた。三つ揃いのブルーのスーツを着て、ストライプのネクタイをしめていた。そして象牙のカフスボタン。グレーの髪はぴったりと頭の両側になでつけられている。彼はまるで今しがたコンサートから帰ってきたばかりといった風情だった。

コンサートから、と言うよりは、「GQ」から飛び出してきたかのようないでたちです。一寸の隙もない。座って脚を組んだらズボンの裾からモモヒキが覗いた、などということは、彼の場合、まずありえないでしょう。それは、息子のことで頭がいっぱいで隙だらけになっている両親と好対照をなすとともに、もちろんここでは、小柄なスコッティー／肩幅が広く日焼けした医師、スコッティーの深刻な状況／医療に関心がなさそうな医師、という対立関係が示されています。ちなみに、これ以前に病室を訪れる看護婦も「大柄な金髪のスカンジナビア系の女」で、またこの後訪れるレントゲン科の医師も、「もじゃもじゃとした口髭を生やして」おり、「ローファー・シューズにウエスタン・シャツ、ブルージーンズという格好」で、対立関係は、夫婦／医師から、夫婦／病院へと膨張していくかのようです。さらに。

ドアが開いてフランシス医師が入ってきた。彼は今回は違うスーツを着て、違うネクタイをしめていた。彼のグレーの髪は頭の両側にぴたりと撫でつけられていた。髭は剃ったばかりに見えた。

と、意識不明のまま変化しないスコッティー／変化する医師、という対立関係も続いて発生します。あたかも、息子の生命を救うべき医師が加害者であり、夫婦がその被害者であるかのような描かれ方です（結局スコッティーは、「心配ありません」「じきに目を覚まします」というフランシス医師の診断に反し、息を引き取ることになるわけですが）。

このように、冒頭で拒まれた対立関係がズレつつ、パン屋、医師（病院）と、別の対立関係が次々に生まれていくような気配が作品を覆います。そして、いずれの対立も決定的な衝突に至らないまま半ば放り出されます。その意味でこのテクストは多分に挑発的です。と言いたいところですが、唯一物語の最後で、息子を失った両親と、家に電話を寄越し続けたパン屋とが激しい衝突を見せます。

「何の用だね、いったい？」とパン屋は言った。「ケーキが欲しいのかね。ならいいさ、あんたがケーキを欲しがったんだ。あんたがケーキを注文したんだ。そうだよな？」

「あなた頭がいいわね。パン屋にしとくのは惜しいわ」と彼女は言った。「ねえハワード、こちらがずっと電話をかけてきた方」彼女はこぶしをぎゅっと握りしめた。

しかし、その後アンは息子が死んだことをパン屋に告げるのですが、告げた途端に「その怒りは突然すうっと消えていって、何かもっと別のものに姿を変えてしまった」のです。そして夫婦はパン屋に促されてテーブルにつき「食べられる限り」のパンを食べ、夜明けまで語り続けることになります。その結末をもって、パン屋のテーブルを聖餐卓とした、キリスト教的な贖罪感を伴った聖餐式（スコッティーの弔い）へと至るまでの道程と、この作品を解釈する向きもありますが、そうやってきれいに料理しておしまい、ではいかにも勿体ない。

なぜなら、ディスコミュニケーションが元で、作ったケーキの支払いを受けられないという被害者になったのはパン屋なのであり、夫婦はその点において重大な加害者に他ならないのです。ケーキを取りにくるようためつすがめつ電話をするのはパン屋の務めであって、そのことによって彼が一方的に加害者にされてしまうのは理不尽この上ありません。そう、つまり、物語のメイン・プロットにおいてもまた、二項対立の関係がズレているのです。

レイモンド・カーヴァー／村上春樹訳「ささやかだけれど、役にたつこと」（『ささやかだけれど、役にたつこと』1989所収）

＊1　余談ですが、いっぽう、日本の歌には往々にしてとても興味深い表現がみつかります。松任谷由実の「Hello, my friend」には「今年もたたみだしたストア」という歌詞がありますが、「ストア」は前後関係を考えると、どうやら「海の家」のようです。「海の家」が「ストア」。唸ります。また、五輪真弓の「恋人よ」には「マラソン人」という人が出てきます。私も走るのを日課にしていますが、自分も「マラソン人」かと思うと、少々牧歌的に走りたくなります。

＊2 その文脈が内包する、文字通りの意味以外の意味です。以前、ある若い女性歌手がテレビで「私は大食」といった話をし、それを聞いた司会者が「（そんなに痩せているのに）いったいどこに入るんですか？」と驚きました。女性歌手はしばらく考え、「え？　ハ、ハラ？」と応答しましたが、若い女性が「ハラ」と言うのもさることながら、彼女は、相手のコメントの言外の意味を理解しなかった、ということになります。

＊3 たとえば「水戸黄門」を思い浮かべてください。あのドラマでは必ず、平民と代官とが対立構造にあり、平民は代官の悪政に徹底的に苛められる。商売から手を引かせようと、その手の人間を使って娘をかどわかすとか、やることは無茶苦茶です。けれども、そうやって、これでもかと一般市民をいじめておいて、最後には水戸黄門が代官を裁く、それを見る者は、毎回毎回結末がわかっていても心が昇華される、というのが典型的な二項対立の文法です。ところで、悪代官は出てきた瞬間に悪者だとわかります（そういう人相をしています）。これがつまり、第一章で触れた「イコン」（アイコン）です。

番外2　もうひとりの「集める人」
――「収集」（レイモンド・カーヴァー著／村上春樹訳）

村上（春樹）　ところで、この“Collectors”のタイトルの訳については僕は迷ったんです。かなり含みを持ったタイトルだから。

柴田（元幸）　カーヴァーのタイトルって、ちょっと無理がないですか。

村上　無理は相当ありますよ。そういう場合は多い。

柴田　無理があるのがまた味で、何か綺麗に、文字通りの意味と、シンボリックな意味が分かれるというようなタイトルはないですよね。どの登場人物に言及しているのかもはっきりしないけれども、全体としては何となく合っているかなという感じ。

村上　でもこの“Collectors”というタイトルについては、カーヴァーはかなり深いところで言葉をつかんでいるような気がします。それから僕は、これは人に限らないんじゃないかなという印象はすごくもったんですけどね。「集める人たち」というだけじゃなくて。

柴田 「集める物たち」という意味もあるということですね。ああ、なるほどね。そうすると、たとえば、掃除機なんかも入る?

村上 マットレスでも。

柴田 マットレスもね。そう、むしろそっちですね。そうすると、正しいタイトルは「集める人や物たち」(笑)

村上 ただ、カーヴァーがそこまで考えたかどうか、僕はよくわからないですね。難しいところですよね、これは。

(村上春樹・柴田元幸『翻訳夜話』)

なら、その男はいったい誰なのか?

前章に引き続きレイモンド・カーヴァーの短篇です。

引用した『翻訳夜話』には、本章の課題である「収集」が、村上春樹さんの既訳、柴田元幸さんがあらたに訳したもの、と二つ併録されています。村上訳の邦題が「収集」であるのに対し、柴田訳のそれは「集める人たち」です。そして、巻末に収録された二人の対談(実際には六人のプロの翻訳家が二人の対談に加わっています）では、その原題 *'Collectors'* が問題にされています。

主人公「僕」は失業中の身で、「いつなんどき北の方から報せが舞い込んでくるかもしれな」いと案じながら、「ソファーに横になって雨の音を聞いていた」。そこに、「オーブリー・ベル」という一人の男が訪ねてきます。彼の要件は「ミセス・スレーター」が応募し当選したカーペットクリーニングのサービスをその家で履行することです。「ミセス・スレーターはおいででいらっしゃいましょうか？」との彼の問いに「僕」は、「ミセス・スレーターはもうここには住んでいないんですよ」と無愛想に答え、一刻も早く彼がこの場を立ち去ることを望みます。オーブリーは「僕」が「ミスター・スレーター」か否かを問いますが、「僕」はそれには明らかな返答をしません。

オーブリーは「僕」の迷惑そうな顔を無視するかのように、掃除機を組み立て、クリーニングを始めます。カーペットやマットレスやピローケースに積もった埃や、剥がれ落ちた人の皮膚が勢いよく吸いこまれていく。「僕」は、渋々ながらも彼の動作を見守ります。

掃除が終りに近づいたころ、玄関のあたりで郵便物が落ちる音がして、オーブリーがそれを拾います。「ミスター・スレーター宛でしたよ」と彼は言い、「これは私が処理しましょう」と加えます。「僕」はコーヒーを用意していましたが、オーブリーはそれを断ります。彼の帰り際に「僕」は、自分の目で封書を確認したいと告げますが、「私の言うことは信じられない？」と言う彼に、返す言葉をもちません。

というのが、この作品のあらすじです。

柴田版の邦題が示す通り、原題のタイトルは複数型です。いっぽうで作品に登場する人物は主人公の「僕」（柴田訳では「私」）と、カーペットのクリーニングサービスに訪れるオーブリー・ベル、それにしいて言えば郵便配達夫の三人のみです。このうち掃除機を使って埃や人の皮膚のかけらを吸いとるオーブリー・ベルは「集める人たち」のうちの一人であるのは間違いないでしょう。しかし、それが複数型になるためには、最低でももうひとり、「集める人」が必要になります。テクストを表面的に読む限りは、「僕」に何かを集める気配はありません。また、アメリカの郵便配達夫はときに発送用郵便物の回収も行いますが（アメリカ製の家庭用メールボックスには、旗を立てるハンドルがついているのをご存知の方もいらっしゃるでしょう。町中までかなりの距離があり、しかも近くに郵便ポストのないような田舎では、あの旗で発送郵便物があることを郵便配達夫に伝え、配達夫はそれを回収していきます）、この作品の郵便屋は、どうやら手紙を届けるだけです。それでもなお、表題に注意をはらえば、もうひとりの「集める人」が作中に隠されていることになります。

そこで「集める人たち」という柴田訳の邦題に対して村上は、なにもそれが「人」ばかりを指すとは限らないのでは、と提言します。人の皮膚を、そのかけらを長年にわたって集め続けてきたマットレスやピローケースも言わば「集める物」ではないか、と。

が、しかし、どうも collectors という言葉には、能動的かつ主体的に何かを集める、というニュアンスが言葉そのものに付着しているかのようです。マットレスやピローケースは自ら積極的に皮膚を集めたのではなく、着いてしまったのです。その意味では、掃除機は確かに「集める物」ですが、いかんせんそれは、オーブリー・ベルが操作することによって、集める。すなわちオーブリー・ベルと一体なのではないか、その意味では「集める物」にカウントできないのではないか、と思われます。

さてそのうえで、郵便配達夫が「集める人」ではないとすると、いったい必要最低条件を満たすためのもうひとりの（もうひとつの）「集める人（物）」とは誰（何）なのか。その可能性は、テクストを読む限り、主人公である「僕」にしかない、と思われるのです。

まず、テクスト上に顕われているものからそれを検証してみましょう。

解き放たれていく「僕」

> さあどうかな。あまり時間を取らないようなら、と僕は言った。今ちょっと忙しいもんでね。

それが、オーブリー・ベルがやってきて、ミセス・スレーターが当選したものを「僕」に「お見せしなくちゃなりません」と言ったときの「僕」の反応です。ややあって、オーブリーが熱っぽいと言い出し、「僕」にアスピリンを要求すると、

> まったく冗談じゃないな、と僕は言った。こんなところで具合悪くなったりしないでくださいよ。こっちにはやることがあるんですからね。

と、「僕」はさも面倒くさそうにアスピリンと水を彼に差し出します。けれども、彼が掃除機を組み立てその機能を「僕」に説明しているうちに、

僕は椅子の上で前屈みになり、なんとか興味を示そうとした。

と、いくらか姿勢を軟化させるのです。そして、彼がわざと灰皿の中身をカーペットの上にこぼし、それを掃除機で吸いとり始めると、

僕は椅子をまた台所に持ってきて、そこに座って彼の仕事ぶりを見物した。

と、オーブリー・ベルが埃を吸いとるのにあわせ、にわかに「僕」自身も彼に吸い寄せられるかのようです。そして、彼が掃除機のスイッチを切ると、

コーヒー飲みますか、と僕は尋ねた。

のです。

一連の流れの中で、オーブリー・ベルに対する「僕」の感情が掃除機の動きとともに沈静化しているのがわかります。当初は彼にさっさと帰ってもらいたかった「僕」が、最後にはコーヒーを出して彼を引き止めようとする。その態度の変化は、オーブリー・ベルに向けてというよりも、「僕」の世界観それ自体が一種の緊張状態から徐々に、けれども確実に解き放たれていく軌跡をなぞっているかのようです。つまり、ささくれ立つ自分を自ら回収していく「僕」は、「集める人」のひとりであるかのようです。

つぎに、テクスト上には顕れない可能性を検討してみましょう。

その前に。この作品における最大の謎、主人公「僕」がいったい誰であるか、ということを考えてみたいと思います。

先にも触れましたが、「僕」がミセス・スレーターの夫（ミスター・スレーター）であるという確証はテクストからは得られません。すなわち「僕」にかかわる事実は、当のミセス・スレーターはいないミセス・スレーターの家にいる、という一点のみです。

一般的な解釈は、「僕」はやっぱりミスター・スレーターである、とするものでしょう。否、「僕」はミスター・スレーターであった。多くのカーヴァー作品において、家庭は崩壊している、ないしは崩壊への過程にある。夫がろくに仕事もしないか、あるいは酒ばかりを飲んでいて、そのうちに二人の関係は冷えこみ、追って暴力沙汰があって、最終的には別離に至る、という背景を、他のカーヴァー作品と照合すれば、この作品においても想像できます。カーヴァーと同じ八〇年代に「ミニマリズム文学」の旗手であったフレデリック・バーセルミの作品では、妻が外に男をつくり、しかし夫は冷静にその事態を受け入れるというのが定番でしたが、カーヴァーの作品は、言ってみればそうしたポストモダン的世界とは疎遠です。その意味でも、本作品における「夫婦崩壊説」は有力です。妻の稼ぎによって維持されてきたその家を「僕」は結局出ざるをえず、妻からの最後通牒（北からの報せ）を待つその瞬間に、オーブリー・ベルが訪ねてきたのであると。そして、彼のせわしない動きを見ているうちに、「僕」は身体的な飽和状態に達し（代表作の「大聖堂」をはじめ、そうした「身体性」もまた、カーヴァー作品の重要なモチーフであります）、そこに微かな救いの兆しが現れる——それがこの作品の、ひとまず正攻法な解釈のしかたと言えるでしょう。

しかしそこには、みなさんがすでにお気づきのとおり、重大な矛盾が残されることになります。そう、仮にもし「僕」がミスター・スレーターだとしたら、なぜ「ミスター・スレーター宛」の手紙に関心を示さないのでしょう。

　カーペットはわざわざ手間をかける代物じゃないしね。安売り店で買ってきた、裏にすべり止めのついているような縦横十二フィート、十五フィートのコットンのカーペットだしね。

この一文が、「僕」がミスター・スレーターであることを示す最大の根拠でもあります。「安売り店」は原文では Rug City という固有名詞で、それを「安売り店」としたのは、「個性の不在」を伝えるための意図的な一般名詞化であって、柴田訳もこれと同様になされていますが、いずれにせよ、右のくだりを読む限り、「僕」はカーペットの購入に直接関与していたことが窺われます。つまり、かつてはミセス・スレーターと連れ立って買い物に行くような仲睦ましい生活がそこにあったのではないか、と。ところが念のためにこの部分の原文に目を向けてみると、

This carpet's not worth fooling with. It's only a twelve-by-fifteen cotton carpet with no-skid backing from Rug City. It's not worth fooling with.

となっており、日本語の「買ってきた」に相当するのは、'from Rug City' の 'from'（だけ）であることがわかります。すなわち、「僕」がそれを「買った」とはどこにも書かれていません。「僕」はそのカーペットの「個性の不在」を、「安売り店でよく売っている、裏地のない、縦横十二フィート、十五フィートのコットンのカーペット、のような」として表しているようにもとれるのです。さらに、オーブリー・ベルが掃除機を引いて隣の部屋に向かう場面。

そこにはベッドが一つと窓が一つあった。布団は床の上に積み上げてあった。マットレスにはシーツが掛かり、その上に枕が載っていた。

There was a bed, a window. The covers were heaped on the floor. One pillow, one sheet over the mattress.

カーヴァーらしい、短い不完全な文章を連ねるスタイルですが、「僕」がミスター・スレーターだとすれば、この部分には妙な違和感があります――語り手「僕」をして、住み慣れたはずの部屋が、あたかも天空の語り手が見るかのように、客観的に描かれているのです。言葉を換えれば、あたかも「僕」は、オーブリーの後に従いて、初めてその部屋を見たかのようです。

　それは僕のマットレスじゃないんだ、と僕は言った。

　It's not my mattress, I said.

とすれば、誰のマットレスなのでしょう？

もちろん、その家の財産はすべて奥さんのもので、夫である（夫であった）「僕」にはその所有権がないとも解釈できます。しかし、どうやらそれよりも、「僕」がミスター・スレーター（ミセス・スレーターの夫）ではない、と解釈したほうが、ここに至って無理がなさそうです。

collector の文字通りの意味

さてそれでは、振り出しに戻りますが、「僕」はいったい誰なのか？

それを知るための鍵が、表題ではないでしょうか。私たちは作品を見た後に表題を考えてきましたが、素直に表題を見てから作品を読めば良いのではないか。すなわち、collectors の深い意味を考える以前に、額面通りにそれを「集める人たち」と読めば良いのではないか――「僕」は、ミセス・スレーターとは何の関係もない、ただの「集める人」の一人なのではないか、と。そして、collector のもっとも一般的な意味は、「集金人」なのではないか、と。

スレーター夫妻は何らかの事情があって、この家から姿をくらましています。彼らはいくらかの負債をかかえており、失業中の「僕」は食い口をつなぐために、ちょっとしたアルバイトをしている。それは、スレーター家の債権者の命で、夫妻がその家に戻ってくるのを待ち伏せる仕事です。いざというときのために、家に残された財産はすべて整理され、彼らの消息が掴めなければ、すぐにでも没収される。「僕」は雇い主から「没収」の指示があるのを待っているか、あるいは、そうした日雇い同然の生活をするのにいいかげん疲れ、別の土地からの新たな仕事のオファーが来るのを待っています。スレーター家にはもう何日いるだろうか。夫妻は姿を見せない。しかし「僕」は、いずれにせよとにかく連絡を待つしかない。そこに、ミセス・スレーターがたまたまテレビだか新聞だかの懸賞に当たり、それを届けにオーブリー・ベルがやってきます。「僕」の家ではないので、「僕」の権限で彼が部屋に上がりこむのを良いとも悪いとも言えませんが、彼の押しの強さに屈服し、「僕」は（部屋が綺麗になるのであれば悪いことでもないと割り切って）彼の作業を見守ります。そして、掃除が終わるころに一通の手紙が届く。「僕」はそれを自分宛ての手紙であることを欲するものの、それを拾ったオーブリー・ベルは、「ミスター・スレーター宛でしたよ」と「僕」に告げます。

その手紙の宛先は確かなんですかね？

彼はソファーの方に手を延ばして上着を取り、それを着た。そして玄関のドアを開けた。まだ雨は降り続けていた。彼はオーバーシューズの中に足を入れ、紐を結んだ。それからレインコートを着て、振り向いて家の中を見た。

自分の目で見たいですか、と彼は言った。私の言うことは信じられない？

なんか変だなと思うけど、と僕は言った。


「なんか変だな」と思う「僕」はつまり、いまこの時にも「北の方から報せ」が届くことを確信している。けれども、雇い主からの報せにせよ、新しい仕事のオファーにせよ、もともと「僕」には、それほどの前向きな姿勢はありません。だから、手紙に固執することもない。そして家を立ち去ろうとするとき、オーブリー・ベルは掃除機の要不要を「僕」に訊ねますが、「僕」はそれを断ります。

いや、いらないな、と僕は言った。僕はすぐにここを出て行くつもりでね。あっても邪魔になるだけだから。

無論、「あっても邪魔になるだけ」（It would be just in the way）は、その家にあるものが「僕」のものので、今から財産が増えても面倒なだけ、ともとれます。しかし「僕」は、「マットレス」が自分のものではない、とそれ以前に言っています。とすれば、掃除機は借金のかたにもなるが、雇われの身である「僕」の知ったことではない、どうせ運び出すのを手伝う羽目になるのだから荷物は少ないにこしたことはない、というメッセージともとれるでしょう。

というのは、もちろん、ひとつの仮説にすぎません。

けれども、そう読むのがいちばん、「集める人たち」という複数型の謎がすっきりするように思えるのですが、さてみなさんは just in the way な複数型を、どのように読むでしょうか。

レイモンド・カーヴァー／村上春樹訳「収集」（『レイモンド・カーヴァー全集〈1〉／頼むから静かにしてくれ』1991所収）

番外3　名作の再訳
――「バビロンに帰る」（F・スコット・フィッツジェラルド著／村上春樹訳）

「それでミスタ・キャンベルは何処にいるんだろう？」とチャーリーは訊いてみた。

「スイスに行ってしまわれました。ミスタ・キャンベルは具合がおよろしくないんですよ、ミスタ・ウェールズ」

「それはいけないね。じゃあジョージ・ハートは？」とチャーリーは尋ねた。

「アメリカに戻られました。お仕事に就かれているようで」

「じゃあスノーバードはどこにいるんだい？」

「先週ここにおみえになりましたよ。ところであの方のお友達のミスタ・シェーファーなら今パリにいらっしゃいますよ」

一年半前の長い友人リストの一角を占めていた二つの聞きなれた名前だった。

「ロスト・ジェネレーション」

F・スコット・フィッツジェラルドが一九三一年に発表した短篇「バビロンに帰る *Babylon Revisited*」はそのように書き出されます。「これは間違いなく、フィッツジェラルドのA+の傑作である」と村上春樹は作品に付された「『バビロンに帰る』のためのノート」で触れていますが、これに反論する人はおそらくいないでしょうし、フィッツジェラルドの、と言うよりも、「世界のA+の傑作」でもあるでしょう。その筆致は、同時代を生きたヘミングウェイの鉈を振るうような短篇に比べ繊細で、かつ、フォークナーの古典的な文学臭を強く残す短篇に比べモダンです。

さて、フィッツジェラルドは、一八九六年ミネソタ州セントポール生まれの「ロスト・ジェネレーション」を代表するアメリカの作家。プリンストン大学入試の際にはカンニングをしながらも落ちる、という輝かしい経歴をもちます（追って補欠入学を果たしますが、大学で彼が当初志したのはフットボール・プレイヤー）。出世作は、一九二〇年、二十四歳で発表した『楽園のこちら側』。一九二五年には、これも村上春樹による再訳が話題になった『グレート・ギャツビー』を発表し、アメリカ文壇に確固たる地位を築きます。私たちの世代は、「ギャツビー」と言えばすぐに、（男性化粧品ではなく）ロバート・レッドフォードの顔を思い浮かべ、テーマ音楽を口ずさみます。日本では、一九七〇年代なかばに公開されたその映画によって、フィッツジェラルドの認知度が飛躍的に高まりました。

ところで、「ロスト・ジェネレーション」は、アメリカの女流作家でありながらパリで芸術家たちのパトロンとして名を馳せていたガートルード・スタインが、アーネスト・ヘミングウェイに向かって「あなたがたは失われた世代ね」と言ったのがその始まりとされますが、諸説あるものの、どうやらスタインはパリの自動車修理工場で、工場主が出来の悪い修理工（第一次世界大戦の従軍経験者）に向かって「お前は役に立たたん」と叱る意味で使った「ロスト・ジェネレーション」という言葉を立ち聞きし、受け売りでそれをヘミングウェイに伝えたようです。後に地球規模の戦争が進行するさなか、従来の宗教的価値観と新しい政治・経済的価値観との間に板ばさみになった世代を総称してそう呼ばれるようになり、また、一九八〇年代に登場した、デイヴィッド・レーヴィット、ジェイ・マキナニー、ブレット・イーストン・エリスらのアメリカの新しい作家群は「ニュー・ロスト・ジェネレーション」とも呼ばれましたが（あるいは自らをそう呼びましたが）、言葉の根元には、自堕落で放蕩な新世代に向けた、旧世代の侮蔑的とも諦念に満ちたとも言える視線が籠められていました。

ヘミングウェイはその言葉を『日はまた昇る』の扉にあえて引き、そうした自分たちへの評価に反発し自らを鼓舞するために使いました。が、たとえば、「キリマンジャロの雪」の全身が壊死していく主人公のように、マッチョを装いながらも、過去につき合った女たちの幻想の中には自堕落と放蕩が溢れてしまうという、その生来的な世代観は拭っても拭い切れないものがあり、いっぽうフィッツジェラルドは、それを百も承知のうえで自堕落と放蕩とを真っ向から描き、そこにリアリティの発露を求めた、と言えるでしょう。この作品の終わり近くには、つとに有名な意味深な一文があります。

——妻を雪の中に閉め出していた男たち。一九二九年の雪は本物の雪に見えなかったからだ。もしそれが雪であることを望まないのなら、君はただ金を払えばいいのだ。

——The men who locked their wives out in the snow, because the snow of twenty-nine wasn't real snow. If you didn't want it to be snow, you just paid some money.

これに先立つテクストでは、妻がパーティで青年にキスをしたことに腹を立てたチャーリーが、彼女をそこに置き去りにして家に帰って鍵を下ろし、その間に雪が降り始め彼女は夜会靴のまま外に放り出され、その後二人は疎遠になり始めたことが触れられていますが、右の引用はチャーリー個人というよりも、「男たち」の行動として集合的な意味合いを帯びています。一九二九年は大恐慌が起こった年ですが、これをやはりチャーリー一人の問題として捉えるのではなく、snow を world と置き換えることによって、時代のリアリティがにわかに湧き上がってきます。

見分けられるおかま、見分けられないドイツ人

さて、冒頭の引用に戻りましょう。

これだけの長さ（短さ）の中に、あらゆる自堕落と放蕩、そして失われたものとが埋めこまれています。パリ、リッツ・ホテルでの主人公チャーリーとウェイターの会話ですが（ウェイターの科白からさりげなく、チャーリーのフルネームが「チャーリー・ウェールズ」であることが知らされます）、チャーリーは妻の姉に預けられた娘・オノリアを連れ戻すためにパリを再訪しています。かつて彼は家庭を顧みず、それがもとで、妻はオノリアを姉夫婦に預ける。妻は早死にするが、姉夫婦、ことに妻の実の姉は、妹の言伝を守り、チャーリーのもとにオノリアを帰すことを執拗に拒む。チャーリーはもはや酒に溺れる生活もしておらず、堅気のビジネスを営むこと（姉夫婦よりもいまは経済的に安定していること）を切々と訴えるが、もう一歩のところで、かつての友人が突然姉夫婦の家を訪ねてきて（チャーリーはその友人を見かけたら姉夫婦の住所を教えるようにバーのウェイターに伝えていた）、彼らの浮かれ騒ぎがチャーリーの目論見を台無しにしてしまう、というのがこの作品のあらすじです。チャーリーのパリ訪問の目的がじわりじわりと明らかにされていくのが、物語のドライブ（醍醐味）になっています。

さて、その冒頭では、ミスタ・キャンベルの具合がよくないらしいことがまずわかります。ここ（パリ）にはもうおらず、スイスに行っている。続いて、ジョージ・ハートもアメリカに戻り、仕事に就い
ている。つまり、彼がパリにいたころには、仕事に就いていなかったことが仄めかされています。さらに、かつては常連だったらしいスノーバード Snow Bird も先週（久しぶりに）来た、という程度らしい。唯一、ミスタ・シェーファーだけはパリにいますが、追ってチャーリーの姉夫婦の家を訪れ、事態を引っかきまわすのは他ならぬこのミスタ・シェーファーです。

これらの人物には、命名に妙があります。主人公のチャーリー・ウェールズも含め、いずれもありふれた、無名性に近い名前ですが、『神の子どもたちはみな踊る』でとり上げた「『意味がない』という意味」とは異なり、それらは明らかに作品におけるシニフィエ（意味されるもの）を伴うシニフィアン（意味するもの）であり、一体としてはシーニュ（記号）になっています。すなわち、あだ名らしい「スノーバード」（村上訳に先行した沼澤洽治訳では「『白むく』の先生」）を除けば、いずれもあからさまにアメリカ人であることが示される名前です（もちろんイギリス人であってもいいわけですが、もし彼らがイギリス人であることを伝えたいのなら、そこには必ずマクマーンやオコナーなどのイギリス人らしい名前がひとつやふたつ混ざるでしょう）。パリでは、「アメリカ」が決定的に失われている。裏を返せば、かつてそこはアメリカ人で溢れかえり、しかも仕事に就いていなくとも高級ホテルのバー（そこが「リッツ・ホテル」の「バー」であることは後に明かされます）に入り浸っていられたかのような饗宴の様子が、冒頭の短い会話の中に、何ひとつの叙述にも頼らず埋めこまれているのです。

一九二九年の大恐慌によって失われたアメリカ。その歴史的背景をテクストに採りこみつつ、一九三一年に発表されたこの作品には、瞬く間に天から地へと落ち果てた当時の様子が寂寥感とともに冒頭に続き綴られていきます。

　しかしリッツ・ホテルのバーの静けさは奇妙だったし、どことなく不吉だった。それはもうアメリカのバーではなかった。そこにいるとなんだか改まった気分になった。ここは俺の店だぞという雰囲気はもうそこにはなかった。（中略）タクシーを下りてドアマンの姿を目にした瞬間から、その静けさは感じられた。（中略）
廊下を通り過ぎるときにどこかの女の退屈そうな声が聞こえた。それがかつては賑やかだった婦人用化粧室から聞こえる唯一の声だった。

すっかり静まり返ったホテルの中から、かつての喧騒が前景化してくるような見事な記述です。さらに、パリの華やかなりし時代がアメリカの力によってかたどられていたかのような、アメリカ人的で手前勝手な視線も浮かび上がってきます。そして、チャーリーの目は、見慣れぬ「人種」がパリにいるのを捉えます。

チャーリーはやかましい一団のおかまたちが隅の方に陣取るのを眺めた。
「何があってもこいつらは変わりゃしない」とチャーリーは思った。「株は上がりもするし下がりもする。人は遊びもすれば働きもする。でもこいつらは永遠にこうやって生きていくんだな」その場所は彼の心を暗くした。
〈詩人の洞窟〉はなくなっていたけれど、〈極楽カフェ〉と〈地獄カフェ〉は相変わらず二つの口をぱっくりと開けていた。眺めていると、それらはツアー・バスで運ばれてきたまばらな乗客

（ドイツ人と日本人がひとりずつとアメリカ人のカップルが一組）を貪欲に呑み込んでさえいた。アメリカ人のカップルは脅えた目で彼らのことをちらっと見た。

騒々しいおかまたち（queens）の出現や、数少ない客すら貪り呑みこもうとするカフェの様子、アメリカ人カップルの脅えた表情に、チャーリーの目から見たパリの凋落ぶりが凝縮されている、かのようですが、はて、ここで「ハンティング・ナイフ」の章で触れたのと同じ疑問が立ち上がります。ホテルのおかまはいざしらず、チャーリーは〈極楽カフェ〉（Café of Heaven）と〈地獄カフェ〉（Café of Hell）を遠巻きに見ていますが、どうやって彼らの国籍を識別できたのでしょう？ 私たちは、その時代のパリを舞台にした西洋の文学作品に日本人の観光客が出現したことに驚きつつ、その人物が明らかにに日本人とわかるような格好（たとえば和服姿）をしており、テクストはじかにそのことには触れませんが、水面下には西洋的なオリエンタリズム[*1]がやはり潜んでいるのでは、と勘ぐってしまうかもしれない。けれども、とすれば、ドイツ人はどのように見分けられるでしょう。

そのあたりに語りのトリックがあります。つまり、一人称で語られる「ハンティング・ナイフ」とは異なり、「バビロンに帰る」の語り手は作品世界を俯瞰する天空の位置にある、言ってみれば全知全能の語り手です。引用箇所は、あくまでその語り手がチャーリーに焦点化しているに過ぎません。チャーリーの視線の位置から、彼の目に映る情景を捉えてはいますが、それは彼（語り手）の権限であると同時に、チャーリーの目には映らないものを読み手に伝えるのもまた彼（語り手）に与えられた権限なのです。したがって、前段の引用において語り手の視線は終始チャーリーとともにありますが、後段においてはチャーリーを離れ、しかしそれを悟られないようにこっそり、チャーリーもその中に含まれる光景を上空から捉えている、と解釈できます。そうした語りの視点操作を無理なくやってしまうところにも、フィッツジェラルドの巧さがあります。

地図に「バビロン」を探して

ところで村上春樹の翻訳には、たとえばつぎのようなくだりにその特徴的な感性を見ることができます。物語の終盤、チャーリーの娘奪還の説得が功を奏すかに見えたその刹那、かつての友人、ダンカン・シェーファーとロレーン・クォールズがほろ酔い加減でチャーリーを誘いにやってくる場面、ロレーン（女性）の科白。

"Come and dine. Sure your cousins won' mine. See you so sel'om. Or solemn."
"I can't," said Charlie sharply. "You two have dinner and I'll phone you."

これをまず先行した沼澤洽治訳で見ると、

「ね、晩御飯に行こうよ。こちらのお従兄姉さんたちだって気にはしないから。珍しいもの、あんたの顔見るの――いえさ、そんなしゃちこばってるとこ見るの」
「だめだ」チャーリーは鋭く言い、「晩飯は二人で食べたまえ。後で電話するから」

であり、これに対して村上訳は、

「一緒に御飯を食べにいきましょうよ。あなたのお従兄弟さんたちは気にしないわよ、きっと。ねえ久しぶりじゃない、何をそんなしからめつしい、じゃなかった、しかつめらしい、顔してるのよ」
「それはできない」とチャーリーは鋭い口調で言った。「君たちふたりで食事は済ませてくれ。あとで電話する」

原文にある won' は won't であり、mine は mind、さらに sel'om は seldom（ほとんど〜ない）です。言うなれば、ロレーンの言葉にははすっぱな響きがあり、その意味では沼澤訳の言葉づかいのほうが彼女の人格をよく表しており、「珍しいもの、あんたの顔見るの」という See you sel'om の訳も的確です。ところがそれだけでは、ロレーンにアルコールがまわっている（それによって呂律が怪しくなっている）ことが伝わらず、また sel'om と solemn（厳粛な）がかけあわされたウィットも日本語の下に埋もれてしまいます。が、それらすべてをこの短い会話の訳のうちに盛りこもうとすると、自ずと無理がくる。したがって、沼澤訳は彼女のはすっぱさ加減を強調しており、かたや村上訳では呂律の怪しさが強調されます。この際、物語の筋からいけば、義理の姉夫婦は娘を戻すにあたり、チャーリーの酒癖の悪さをいちばん心配しているのであって、ダンカンやロレーンのような連中との交流がかつてチャーリーの身を滅ぼしたのですから、そもそも彼らの素行の悪さ（はすっぱさ）は言わずとも誰しもに知られており、この場にはひたすらアルコールの匂いを漂わせる（それによってチャーリーを窮地に追いこませる）ことが、より妥当であると考えられます。その意味で、村上訳には物語全体の流れが籠められています。しかしそれでも、sel'om と seldom の音の近似性（隣接性）までは日本語で表現しきれていないわけですが、ちなみに、村上訳に少々手を加えると、こんな訳もできます。

「一緒に御飯を食べにいきましょうよ。あなたのお従兄弟さんたちは気にしないわよ、きっと。ねえ、滅多にお目にかかれないお顔だもの。あら、滅多にお目にかかれないお目めかも」
「それはできない」とチャーリーは鋭い目つきで言った。「君たちふたりで食事は済ませてくれ。あとで電話する」

さて、話がわき道に逸れてしまいましたが、最後に、もっとも重要なポイントでもあるこの作品のタイトルについて、少しだけ触れておきましょう。
本文に入る前に私たちはまず「バビロンに帰る」という表題を目にするわけですが、「バビロン」

とはいったいどこなのか。チャーリーが帰ってきたのはパリであって、バビロンではない。しかも、作品の中にはバビロンという具体的な地名はいちども現れない。そこに私たち日本人がこの短篇を読むときのハンディキャップがあります。パリの地図を開き、「バビロン」の地名を探そうとする読者すらいるかもしれません。

言うまでもなく、「バビロン」とはメソポタミアの古代都市であり、聖書では「バベル」と表記されます。「バベルの塔」のバベルです。現代の地名で言うと、イラク・バグダッド近郊にあたります。今の「バグダッド」で私たちが想像するのと同じように、あるいはバベルの塔の建設に怒った神が人々の言葉を分断したことに思いを馳せても、さらには「ヨハネの黙示録」の「バビロン崩壊」に暗喩が籠められるべく、かつてはメソポタニアの重要都市であったそこは、退廃都市のイコンでもあります。つまり本文を読み始める前に、西洋文化圏の読者は表題から、物語の舞台が、何かが失われた土地であることをなかばすでに察知しています。私たちはこれから退廃した都市の人気のないバーに誘われようとしている――そうした効果が、表題も含めた冒頭の数行のうちに、狙われるのです。

F・スコット・フィッツジェラルド／村上春樹訳「バビロンに帰る」（『バビロンに帰る』1996所収）

＊1　第4章後注＊1を参照。

あとがき

本書は大学の授業を想定し、計十五回の本講義と、はみ出しとも言える三回の課外学習（?）からなっています。大学の講義にありがちなように、当初はエンジンのかかりが鈍く脱線も多く、しかし学期末も近くなり時間がなくなってくると脇目もふらずにテーマに集中する、という私のような計画性に乏しい教員の慌てふためきを再現した、つもりです。大学の講義と聞いただけでたちまち眠気を催す方も多くいらっしゃるかもしれませんが、私自身はこの齢になってから、大学時代にもっと勉強しておけばよかった、などと思うこともしばしばあり、その思いをいくらかでも共有できる読者とこの本を通じて出会えたなら、嬉しいかぎりです。

年をとると暗記力が如実に悪くなり、と言うよりも、頭が新しいものを覚えることを拒むようになり、職業柄、多くの名前を覚えなくてはならないのですがいっこうに覚えられず、脳のキャパシティを考えると、何かを覚えるためには別のものを忘れなくてはならないのでは、とも思うのですがこんどは、忘れたいものが思い出せない、というにっちもさっちもいかない状況に陥ります。また、本でも、長篇を読む気力が少しずつ衰えてきています。たとえば『ドグラ・マグラ』などは、若いうちに読んでおいてよかったとつくづく思いますし、村上春樹さんの新たな代表作とも言える『海辺のカフカ』は、途中でいちど挫折しかけ、周囲の学生が購入から二、三日で読破しているのに、私は読了までに丸一年を要しました。作品の舞台となった四国の私設図書館に、女性の施設調査員が訪ねてくるくだりあたりまでは、ページが重たくて重たくてしようがありませんでした。

だから、というわけでなくもありませんが、本書では短篇小説を採りあげることにしました。書名に「再読」とあるように、基本的には村上春樹さんの短篇既読者のみなさんとともに、かつて読んだのとは別のアングルでそれらをもういちど読み直すことを試みてみました。読解の中心的な方法としては、構造主義の考えを私なりに勝手に解釈し、利用しています。「緑色の獣」の章でも触れましたが、村上春樹さんの短篇のひとつにそのものずばりの「構造主義」（『夜のくもざる』所収）という作品があります。主人公の女性は、六本木と構造主義のことは何も訊かないでほしい、と懇願しますが、二〇〇六年の暮れに発行された『ひとつ、村上さんでやってみるか』の「質問１６９『脱構築』」でも、「構造主義と六本木については何も質問しないでほしい」という作家ご本人の断りがあります。それはとりもなおさず、「『構造主義は意識しない』よう意識している」という風にも読め、底意地が悪いようですが、本書で村上作品に構造主義を適用したきっかけもそこにあります。

さて、本文では可能な限り、専門的な用語にカッコや後注をつけるなどして補足説明を行ったつもりですが、さらに構造主義について知りたいというみなさんに、本書で参照させていただいたおもな一次文献は以下の通りです。

フェルディナン・ド・ソシュール／小林英夫訳『一般言語学講義』（岩波書店）
ロラン・バルト／篠沢秀夫訳『神話作用』（現代思潮社）
ロラン・バルト／渡辺淳・沢村昂一訳『零度のエクリチュール』（みすず書房）
ロラン・バルト／花輪光訳『物語の構造分析』（みすず書房）
ミシェル・フーコー／神谷美恵子訳『臨床医学の誕生』（みすず書房）
ミシェル・フーコー／田村俶訳『監獄の誕生』（新潮社）
ミシェル・フーコー／中村雄二郎訳『知の考古学』（河出書房新社）
クロード・レヴィ＝ストロース／荒川幾男・生松敬三・川田順造・佐々木明・田島節夫訳『構造人類学』（みすず書房）
クロード・レヴィ＝ストロース／大橋保夫訳『野生の思考』（みすず書房）
クロード・レヴィ＝ストロース／川田順造訳『悲しき熱帯』（中央公論新社）
ジャック・ラカン／宮本忠雄・竹内迪也・高橋徹・佐々木孝次訳『エクリ I』（弘文堂）
エドワード・W・サイード／今沢紀子訳『オリエンタリズム』（平凡社）

また、つぎの文献は本書の執筆にあたり大いに参考にさせていただき、また、私の舌足らずな授業の副読本としてばかりでなく、現代の知見を読み解く上で、また小説を読む上で大変参考になりますので、感謝をこめてここに紹介したいと思います（順不同）。

難波江和英・内田樹『現代思想のパフォーマンス』（光文社新書）
内田樹『寝ながら学べる構造主義』（文春新書）
丸山圭三郎『ソシュールを読む』（岩波書店）
町田健『コトバの謎解き　ソシュール入門』（光文社新書）
廣野由美子『批評理論入門――『フランケンシュタイン』解剖講義』（中公新書）
デイヴィッド・ロッジ／柴田元幸・斎藤兆史訳『小説の技巧』（白水社）
ウンベルト・エーコ／和田忠彦訳『エーコの文学講義』（岩波書店）
土田知則・神郡悦子・伊藤直哉『現代文学理論　テクスト・読み・世界』（新曜社）
佐藤信夫『レトリック認識』『レトリック感覚』（講談社学術文庫）
佐藤信夫・佐々木健一・松尾大『レトリック事典』（大修館書店）
保坂和志『小説の自由』（新潮社）
佐藤正午『小説の読み書き』（岩波新書）

最後に、著者の企画を快く理解していただき、出版の機会を与えてくださった、みすず書房の持谷寿夫さん、田崎洋幸さん、本づくりにあたり数々のご助言とご尽力をいただいた同編集部の島原裕司さんに、この場をお借りして篤く御礼を申し上げます。

二〇〇七年春

風丸良彦

著者略歴

（かざまる・よしひこ）

1958年，東京都新宿区に生まれる．上智大学外国語学部卒業．文芸評論家．現在，盛岡大学文学部准教授，岩手大学・東海大学非常勤講師．専門は現代アメリカ文学．著書：『カーヴァーが死んだことなんてだあれも知らなかった――極小主義者たちの午後』（講談社，1992年．表題作で第33回群像新人文学賞［評論部門］優秀賞受賞），『越境する「僕」――村上春樹，翻訳文体と語り手』（試論社，2006年）．

風丸良彦

村上春樹短篇再読

2007年3月29日　印刷
2007年4月9日　発行

発行所　株式会社 みすず書房
〒113-0033 東京都文京区本郷5丁目32-21
電話 03-3814-0131(営業) 03-3815-9181(編集)
http://www.msz.co.jp

本文印刷所　シナノ
扉・表紙・カバー印刷所　栗田印刷
製本所　誠製本

Printed in Japan
ISBN 978-4-622-07290-4